LA CAMARONA

Emilia Pardo Bazán

Blandos marinistas de salón, que sobresalís en los "cuatro toques" figurando una lancha con las velas desplegadas, o un vuelo de gaviotas de blanco de zinc sobre un firmamento de cobalto; y vosotros, platónicos aficionados al deporte náutico, los que pretendéis coger truchas a bragas enjutas..., no contempléis el borrón que voy a trazar, porque de antemano os anuncio que huele a marea viva y a yodo, como las recias "cintas" y los gruesos "marmilos" de la costa cántabra.

¿Dónde nació la Camarona? En el mar, lo mismo que Anfítrite..., pero no de sus cándidas espumas, como la diosa griega, sino de su agua verdosa y su arena rubia. La pareja de pescadores que trajo al mundo a la Camarona habitaba una casuca fundada sobre peñascos, y en las noches de invierno el oleaje subía a salpicar e impregnar de salitre la madera de su desvencijada cancilla. Un día, en la playa, mientras ayudaba a sacar el cedazo, la esposa sintió dolores; era imprudencia que tan adelantada en meses se pusiera a jalar del arte; pero, ¡qué quieren ustedes!, esas delicadezas son buenas para las señoronas, o para las mujeres de los tenderos, que se pasan todo el día varadas en una silla, y así echan mantecas y parecen urcas. La pescadora, sin tiempo a más, allí mismo, en el arenal, entre sardinas y cangrejos, salió de su apuro, y vino al mundo una niña como una flor, a quién su padre lavó acto continuo en la charca grande, envolviéndola en un cacho de vela vieja. Pocos días

después, al cristianar el señor cura a la recién nacida, el padre refunfuñó: "Sal no era menester ponérsela, que bastante tiene en el cuerpo."

Los juguetes de la niña fueron "navajas", almejas y "berberechos", desenterrados en el arenal cuando se retiraba la marea; su biberón para el destete, la amarga "salsa"; su mayor recreo, que le permitiesen agazaparse en el fondo de la lancha cuando salía a la pesca del "Múgil" o a levantar los "palangres" que sujetan al congrio. A la escuela, ni intentaron llevarla, ni ella iría sino entre civiles: a la iglesia si que solía asistir, porque la gente pescadora ve tan a menudo cerca la muerte, que se acuerda mucho de Dios y la siente mejor que los labriegos y que los señores. Si los padres de la Camarona rezaban atropellado y mal, creían bien, y la chiquilla antes se deja quitar un ojo que el escapulario mugriento de Nuestra Señora de la Pastoriza.

¿Que quién le puso el apodo de la Camarona? No se sabe. Tal vez la llamaron así porque a los siete años vendía "pajes" de camarones, mientras su madre despachaba pesca de más valor; tal vez porque era bien hecha, firme y colorada como estos diminutos crustáceos (después de cocidos; no se figure algún malicioso que considero al camarón, si no el "cardenal", el "monaguillo" de los mares). Lo cierto es que Camarona fue para todo el mundo, y su verdadero nombre de Andrea, testimonio de la gran devoción que a San Andrés profesan los marineros, cayó tan en desuso, que no lo recordaba ella misma.

A los quince años la Camarona no quería salir de la lancha, donde ayudaba a su padre y hermanos en la ruda faena. Los hermanos, celosillos y burlones, la desviaban, la querían avergonzar. "Tú, a remendar las redes, papulita", decían intentando imponerse por la fuerza. "Eso vosotros, mariquillas", respondía ella, autorizando con un soberano remoquete su alarde de desprecio. Y agachaban la cabeza, por que la Camarona era, ya que no más forzuda, más arriscada y batalladora. Cuando otras hijas de pescadores se metían con ella, mofándose porque salía a la mar y remaba y cargaba las velas y agarraba la caña del timón, la Camarona sabía enseñar a aquellas mocosas cuántas son cinco... y a qué saben cinco dedos de una robusta mano, ya encallecida, aplicados con brío a las frescas carnazas de una moza insolente...

Vinieron las quintas y se llevaron a dos hijos del pescador; casóse otro, y por intrigas de su mujer riñó con los padres, y ahí tenéis como la Camarona quedó sola para remar, ayudando al patrón, ya viejo, en la lancha desbaratada por los golpetazos y las "crujías". Hubo que contratar a un marinero dándole parte en lances y ganancias..., y el mozo, que se llamaba Tomás, empezó a suspirar profundo cada vez que miraba a la Camarona inclinada hacia el remo y enarcando el brazo para pujar firme.

Hay que advertir que la Camarona era entonces un soberbio pedazo de chica. Imaginadla, ¡Oh, pintores!, con su cesta de sardinas en equilibrio sobre la cabeza; su saya corta de bayeta verde, que en la cadera forma un rollo; sus ágiles y rectas piernas desnudas: su gran boca bermeja, como una herida en un coral, sus dientes blancos y lisos a manera de guija que las olas rodaron; sus negros ojos pestañudos, francos, luminosos; su tez de ágata bruñida por el sol y la brisa de los mares. La salud y la fuerza rebrillaban en sus facciones y se delataban a cada movimiento de su duro cuerpo virginal. Así es que no era únicamente Tomás el marinero quien por ella suspiraba. También la perseguía Camilito, hijo mayor de la fomentadora, dueña de la fábrica de conservas. Cada vez que la Camarona iba a llevar a la fábrica un cesto de calamares, salía el mozalbete a recibirla, y, arrinconándola en una esquina del cobertizo donde se deposita la pesca, le decía vehementes palabras, le echabaflores, le ofrecía regalos y dinero, sin obtener más que risas y rabotadas, cuando no algún soplamocos que le dejaba perdido de escama de sardina.

Un día la madre de la Camarona llamó a su hija y le dijo con misterio:

-Se nos ha entrado la fortuna por las puertas, rapaza.

-¿Pues qué hay? -contestó ella desdeñosamente.

-Que te quiere don Camiliño.

-Para hacer burla de mí.

-No panfilona... Para se casar.

-Pues dígale que no tengo ganas. ¡Ahora, eso! Camarona nací y Camarona he de morir. Otras que la echen de señoras. A mí, si me hacen fondear en una sala, a los dos meses me entierran.

-Dice que te pondrá coche, animala, bruta -gritó enfurecida la madre.

-Mientras no me ponga un barco... -replicó, impávida, la Camarona, ignorando que al expresar este deseo se confirmaba a los últimos decretos de moda y lujo. El yacht propio.

Tanto persiguieron y apretaron los codiciosos padres a la Camarona para que aceptase la suerte y las riquezas de don Camilito, que la moza, incapaz de resignarse, adoptó un recurso heroico. Ella misma se explicó con el encogido de Tomás, que no le gustaba ni pizca, pero que al fin era cosa de mar, un pescador como ella, empapado en agua salobre y curtido por el aire marino, que trae en sus ondas vida y vigor. Y se casaron, y la pareja de gaviotas se pasa el día en la lancha, contenta, porque al ave le gusta su pobre nido. El hijo que lleva en sus entrañas la Camarona no nacerá en el arenal, como nació su madre, sino a bordo.

Fue el cura de Naya, hombre comunicativo, afable y de entrañas excelentes, quien me refirió el atroz sucedido, o por mejor decir, la serie de sucedidos atroces, que apenas creería yo, a no aclararse y explicarse perfectamente por el relato del párroco, las veladas indicaciones de la prensa y los rumores difundidos en el país. Respetaré la forma de la narración, sintiendo no poder reproducir la expresión peculiar de la fisonomía del que narraba.

-Ya sabe usted-dijo-que, así como en Andalucía crece la flor de la canela, en este rincón de Galicia podemos alabarnos de cultivar la flor de los caciques. No sé cómo serán los de otras partes; pero, vamos, que los de por aca son de patente. Bien se acordará usted de aquel Trampeta y aquel Barbacana que traían a Cebre convertido en un infierno. Trampeta ahora dice que se quiere meter en pocos belenes, porque ya no le ahorcan por treinta mil duros, y Barbacana, que está que no puede con los calzones, como se la tenían jurada unos cuantos y salvó milagrosamente de dos o tres asechanzas, al fin ha determinado irse a pasar la vejez a Pontevedra, porque desea morir en su cama, según conviene a los hombres honrados y a los cristianos viejos como él. ¡Ja, ja...!

Retirados o poco menos esos dos pejes, quedó el país en manos de otro, que usted también habrá oído de él: Lobeiro, que en confianza le llamábamos Lobo, y ¡a fe que le caía! Yo, si usted me pregunta en qué forma consiguió Lobeiro apoderarse de esta región y tenerla así, en un puño, que ni la hierba crecía sin su permiso, le contestaré que no lo entiendo; porque me parece increíble que en nuestro siglo, y cuando tanto cantan libertad, se pueda vivir más sujeto a un señor que en tiempos del conde Pedro Madruga. No, no hay que echar baladronadas; yo era el primerito que agachaba las orejas y callaba como un raposo. Uno estima la piel, y aún más que la piel, si a mano viene, la tranquilidad.

A veces me ponía a discurrir, y decía para mi sotana: "Este rayo de hombre, ¿en qué consiste que se nos ha montado a todos encima, y por fuerza hemos de vivir súbditos de él, haciendo cuanto se el antoja, pidiéndole permiso hasta para respirar? ¿Quién le instituyó dueño de nuestras vidas y haciendas? ¿No hay leyes? ¿No hay Tribunales de justicia?" Pero mire usted: todo eso de leyes es nada más que conversación. Los magistrados, suponiendo que sean justificadísimos, están lejos, y el cacique cerca. El Gobierno necesita tener asegurada la mecánica de las elecciones, y al que les amasa los votos le entregan desde Madrid la comarca en feudo. A los señores que se pasean allá por el Prado y por la Castellana, sin cuidado les tiene que aquí nos am... ¡Ay! Tente, lengua, que ya iba a soltar un disparate.

Pues volviendo al caso, Lobeiro, así para el trato de la conversación, era un hombre antipático, de pocas palabras, que cuando se veía comprometido, se reía regañando los dientes, muy callado, mirando de través. No se fíe usted nunca del que no ríe franco ni mira derecho: muy mala señal. La cara suya parecía el Pico Medelo, que siempre anda embozado en "brétemas". Lo único a que el diaño del hombre ponía un gesto como ponen las demás personas, era a su chiquilla, su hija única, que por cierto no se ha visto cosa más linda en todo este país. La madre fue en tiempos una buena moza; pero la rapaza..., ¡qué comparación! Un pelo como el oro, un cutis que parecía raso, un par de ojos azules con dos estrellas... ¡Micaeliña! ¡Lo que corrí tras ella en la robleda el día del patrón de Boán! Porque a la criatura le rebosaba la alegría, y Lobeiro, al oírla reír, cambiaba de aspecto, se volvía otro.

Sólo que, por desgracia, esta influencia no pasaba de los momentos en que tenía cerca a la criatura. El resto del año, Lobeiro se dedicaba a perseguir a Fulano, empapelar a Ciciano, sacarle el redaño a éste y echar a presidio a aquél. ¿Usted no ha leído el Catecismo del labriego, compuesto por el tío Marcos de Portela, doctor en teología campestre? Pues el tipo de secretario que allí pinta, el de Lobeiro clavadito: criado para infernar la vida del labriego infeliz, hartarle de vejaciones y disputar la triste corteza de pan amasada con su sudor, único alimento de que dispone para llevar a la boca. Y repare usted lo que sucedía con Lobeiro: hoy hace una picardía, y le obedecen como uno; mañana hace diez, y ya le rinden acatamiento como diez; al otro día un millón, y como un millón se impone. Empezó por chanchullos pequeñitos, de esos que se hacen en el Ayuntamiento a mansalva: trabucos de cuentas, recargos de contribución, reparto ab libitum y lo demás de rúbrica. Poco a poco, la gente aguantando y él apretando más, llega el caso de que me encuentro yo a un infeliz aldeano en un camino hondo, llevando de la cuerda su mejor ternero. "Andrés, ¿a dónde vas con el cuxo? Feria hoy no la hay." "¿Qué feria ni feria, señor abad?" "¿Pues entonces...?" "Señor abad, por el alma de quien le parió, no diga nada. El cuxiño es para ese condenado de Lobeiro, que me lo mandó a pedir, y si no se lo entrego, me arruina, acaba conmigo, y hasta muero avergonzado en la cárcel." Y el pobre hombre, cuando me lo decía, tenía los ojos como dos tomates, encarnizados de llorar. ¡Ya comprende usted lo que es para el labriego su ganado! Dar aquel ternero era, en plata, dar las telas del corazón.

Sólo una cosa estaba segura con Lobeiro: la honra de las mujeres; y no por virtud, sino porque no cojeaba de ese pie. Algunos de sus satélites, en cambio, bien se desquitaban. ¿Que si tenía satélites? ¡Madre querida!, una hueste organizada en toda regla. Usted no dejará de recordar que cuando apareció en un monte el mayordomo del marqués de Ulloa, hace ya algunos años, seco de un tiro, todo el mundo dijo que lo había mandado matar el cacique Barbacana, y que el instrumento era un bandido llamado el Tuerto de Castrodorna, que lo más del tiempo se lo pasaba en Portugal, huyendo de la Justicia. Pues esa joya del Tuerto la heredó Lobeiro, sólo que mejoró el procedimiento de Barbacana, y en vez de un forajido reclutó una cuadrilla perfectamente montada, con su santo y seña, con consignas, su secreto, sus estratagemas y su táctica para verificar las sorpresas y represalias de un modo expeditivo y seguro. Nosotros teníamos esperanza de que, al acabarse las trifulcas revolucionarias

y las guerras civiles, mejoraría el estado del país y se afianzaría la seguridad personal. ¡Busca seguridad! ¡Busca mejoras! Lo mismo o peor anduvieron las cosas desde la restauración de Alfonso, y si me apuran, digo que la Regencia vino a darnos el cachete. Antes, unos gritaban: "¡Viva esto!"; los otros: "¡Viva aquéllo!"; que República, que don Carlos... Eran ideas generales, y parece que criaban menos saña entre unos y otros. Hoy únicamente estamos a quién gana las elecciones, a quién se hace árbitro de esta tierra..., y todos los medios son buenos, y caiga el que cayere. Total, como decimos aquí: salgo de un soto y métome en otro..., pero más oscuro.

Como íbamos contando, la pandilla de Lobeiro empezó a ser el terror del país. Tan pronto veíamos llamas..., ¿qué ocurre? Pues que le queman el pajar, y el alpendre, y el hórreo, y la casa misma, al Antón de Morlás o al Guillermo de la Fontela. Tan pronto aparece derrengado, molido a palos, uno que no se quiso someter a Lobeiro en esto o en lo de más allá..., y cuando le preguntan quién le puso así, responde una mentira: que rodó de un vallado o se cayó de una higuera cogiendo higos..., señal de que si revela la verdad, sentenciado está a pena más grave. Por último, un día se nota la desaparición de cierto sujeto, un tal Castañeda, alguacil; ni visto ni oído, como si se evaporase. La voz pública (muy bajito) susurra que ese hombre le estorbaba a Lobeiro o se le había opuesto en un amaño muy gordo. Se espera una semana, dos, tres, que parezca el cadáver, o el vivo, si vivo está aún; nada. La viuda hace registrar el Avieiro, incluso el pozo grande; mira debajo de los puentes,recorre los montes... Ni rastro. Igual que si se lo hubiese tragado la tierra. Y probablemente así sería. ¡Un hoyo es tan fácil de abrir!

Este Castañeda tenía un sobrino, muchacho templado, como que allá en sus mocedades proyectaba dedicarse a la carrera militar, y luego, por no separarse de su madre, que iba vieja, y de una hermana jovencita, prefirió quedarse en el país y vivir cuidando de unos bienecillos que le correspondían por su hijuela, y de los de la hermana y la madre. Él era así... un anfibio, medio señor y medio labrador, y en el país, como todo el mundo tiene su apodo, le conocían por el de Cristo. ¿Dice usted que un novelista de Francia llama Cristo a uno de sus personajes? Pues mire: ese, de fijo, lo inventará; yo, no; tan cierto es como que usted está ahí sentada oyendo este caso. En el susodicho apodo -atienda usted bien- está mucha parte del intríngulis de la historia. ¿Que por qué le pusieron ese alias? No lo sé a derechas; creo que por parecerse en la cara y la barba larguirucha a un Cristo muy grande y muy devoto que se venera en el santuario de Boán.

De modo que el bueno de Cristo, no bien supo la desaparición de su tío Castañeda, no se calló, como los demás, como la misma infeliz viuda, que temblaba que, después de suprimirle al marido, le pegasen fuego a la casita y la echasen en sus últimos años a pedir limosna. En las ferias y en las romerías, en el atrio de la iglesia y en la botica de Cebre, el muchacho alzó la voz cuanto pudo, clamando contra la tiranía de Lobeiro y diciendo que el país tenía que hacer un ejemplo con él: "¡Cazarle lo mismo que a un lobo, para que escarmentasen los demás lobos que se estaban criando en la madriguera, dispuestos a devorarnos!" Decía que estas cosas, no suceden sino en el país que las sufre; que donde los hombres tienen bragas no se consienten ciertos abusos; que en Aragón o en Castilla ya le habrían ajustado a Lobeiro la cuenta con el trabuco o la navaja; que si el cacique se le ponía delante, él, aunque se perdiese y dejase desamparadas madre y hermanita, era capaz de arrancarlelos dientes a la fiera. Al pronto le oíamos asustados; pero como todo se pega, y el valor y el miedo, en particular, son contagiosos lo mismo que el cólera, iba formándose alrededor de Cristo un núcleo de gente que le daba la razón, diciendo que por todos los medios había que descartarse de Lobeiro y conjurar aquella plaga. Los gallegos no somos cobardes, ¡quia! Lo que nos falta, a veces, es la iniciativa del valor. Necesitamos uno que empiece, y, ¡zas!, allá seguimos de reata. Cristo iba sumando voluntades, y conforme pasaba el tiempo y veían que de hablar así no se le originaba perjuicio alguno, la algarada crecía, y el cacique intimidado, en nuestro concepto, por haber encontrado al fin quien le presentase la cara, andaba mansito y derecho: como que pasaron más de tres meses sin sabérsela ninguna fechoría mayor. ¡Respirábamos!

El día de la feria grande de Arnedo, que es en abril, antes de la Semana Santa, volvía yo a mi parroquia, después de pasar el rato bebiendo un poco de tostado y comiendo unas rosquillas, cuando a poca distancia del pueblo empareja con mi mula la yegüecilla de Ramón Limioso (usted le conoce: el señorito del pazo, un caballero cumplidísimo), y me pregunta, con no sé qué retintín: "Y Cristo, ¿le ha visto usted en la feria?" "¿Cristo? No, no le encontré... por ninguna parte." "¿Tampoco en el mesón?" "Tampoco." "¿A qué horas vino usted?" "Tempranito: a las siete ya andaba yo por Arnedo." "¿Sabe que me choca?" "¿Y por qué ha de chocarle?" "Porque estábamos citados: él quería deshacerse de su jaco, y yo le vendía mi toro, o se lo cambalachaba; según." "¡Bah! Cristo es un rapaz todavía; aún no ha cumplido los treinta... ¡Sabe Dios por dónde anda a estas horas!" "No, Eugenio; pues yo le digo que me choca, que me escama." "Aún vendrá, hombre. Son las tres, y hasta las seis o siete dela tarde no se deshace la feria."

Ramón Limioso meneó la cabeza, y sin hacer otra objeción, volvió grupas hacia Arnedo. Ni me fijé ni me acordé más del asunto, hasta que a las veinticuatro horas me llegó el primer runrún de la desaparición de Cristo. El mismo misterio que en lo de su tío Castañeda: ni rastro del muchacho por ninguna parte. La madre nadaba como loca, pregunta que te preguntarás, de casa en casa; la hermana salía de un ataque nervioso para caer en un síncope; la Justicia local, como de costumbre, se lavaba las manos -imposible parece que así y todo las tenga tan puercas-, y del chico, ni esto. Por fin, al cabo de una semana, lo que es aparecer, apareció... Pero ¿dónde? Metido en un hórreo, en descomposición, hecho una lástima... Son pormenores horribles; bueno, se trata de que se imponga usted de cómo había ocurrido la cosa. Yo vi el cadáver y me convencí de que no había exageración ninguna en lo que se refirió después. Debían de haberle atormentado mucho tiempo, porque estaba el cuerpo hechouna pura llaga: a mí se me figura que lo azotaron con cuerdas, o que lo tundieron a varazos: las señales eran a modo de rayas o verdugones en el pellejo. Para acabarlo, le dieron un corte así, en la garganta. El rostro desfiguradísimo; sólo una madre -¡pobre señora!- reconoce y se determina a besar un rostro semejante.

Sí, estoy conforme: es una infamia, un crimen que clama al Cielo, lo que usted guste... Pero usted también va a convenir conmigo. También va a decir que todo ello es moco de pavo en comparación del último refinamiento salvaje, de que no tiene noticia aún. Porque matar, atormentar, se llama así, atormentar y matar, y se acabó; pero cómo se llama el escarnio, la befa más inconcebible, el reto a Dios, que consiste en lo siguiente: elegir para dar tal género de muerte a ese hombre que la gente apodaba Cristo..., elegir..., ¿qué día del año piensa usted? ¡El Viernes Santo!

Pecador soy como el que más -prosiguió el párroco de Naya con la voz y el gesto transformados por una seriedad profunda-; pecador soy, indigno de que Dios baje a estas manos; no tengo vocación de santo, como el cura de Ulloa; ni me gusta echar sermones con requilorios, como el de Xabreñes; pero en semejante ocasión, al enterarme de la monstruosidad, no sé qué hormigueo me entró por el cuerpo, no sé qué vuelta me dio la sangre, ni qué luminarias me danzaron delante de los ojos..., que, vamos, al pino más alto del pinar de Morlán me subiría para gritar: "¡Maldición y anatema sobre Lobeiro!" ¡La plática que les encajé a mis feligreses el domingo! Ni Isaías..., "fuera el alma". Con un arrebato y un fuego que aún hoy me asombra, les dije que Dios, al parecer, se hace el ciego y el sordo; pero es como quien calla para enterarse mejor; que ningún crimen se le oculta, que la sangre de Abel siempre grita venganza, y que me creyesen a mí, que, a fe de Eugenio, nadie se quedaría sin sumerecido, y por medios inescrutables, pero seguros, cuando estuviese más descuidado. "Quien fosa cava, en ella caerá", me acuerdo que grité como un energúmeno. Por supuesto, que era hablar por no callar: tanto sabía yo del castigo dichoso como de la primera camisa que vestí; sólo que en aquel entonces, de veras me parecía que así iba a suceder, que Lobeiro estaba emplazado, y que la inspiración hablaba por mi boca, Spiritus ejus in ore meo.

Poco a poco se fue acallando el rebumbio del asesinato de Cristo. La madre y la hermana, convertidas en dos sombras, flaquitas y de riguroso luto, eran el único recuerdo que quedaba de la tragedia. En la gente siempre fermentaba el odio contra el cacique, pero lo comprimía el temor. Es de advertir que por entonces "los" de Lobeiro cayeron, y necesariamente el maldito, no teniendo la sartén por el mango, se reportó en sus exacciones y sus iniquidades. El país revivió unas miajas. El bando de Trampeta aleteó. Lobeiro, en el interregno, se dedicó a una ocupación pacífica: construir su casa, que era muy vieja y ya mezquina para las exigencias de su nueva posición; porque la fortuna del cacique había crecido mucho y su mujer, amiga de lujos, de comilonas y de tirar de largo, le metió en la cabeza hacer vivienda nueva, la verdad, con todos sus perendengues: dos pisos de piedra sillar, magnífica, ventanas con unas rejas imponentes, puerta como la de un castillo, su gran escalera,

su sala de recibir, su cocina hermosísima... ¡Una casa digna de Orense! En el país se hablaba mucho de tal edificio, y de la seguridad que ofrecía, y de las precauciones que revelaba aquel modo de edificar, precauciones tomadas para defensa contra lo que temía el cacique, que había hecho muchas, y no podía menos de andar prevenido.   Enemigos, a miles se le podían contar; y, sin embargo, como el hombre se mantenía agachado, nadie se metía con él, temeroso de despertar a la fiera. El gran alboroto fue el que se armó cuando de repente -sin que lo barruntásemos- se volcó la tortilla y subió nuevamente al poder el partido de Lobeiro.

¡Madre mía, Virgen del Corpiño, el espanto que cayó sobre nosotros! ¡Lobeiro otra vez mandando, rey otra vez de la comarca; otra vez a su disposición la hacienda, la tranquilidad, la vida de todos; otra vez los cadáveres en los hórreos, o en el fondo del Avieiro, o en un hoyo profundo, allá por las asperezas de algún pinar! ¿Quién sosegaba?¿Quién dormía tranquilo?¿Quién estaba seguro de no perecer martirizado?

Usted se va a reír si le digo una cosa. No, no se reirá; al contrario, se hará cargo mejor que nadie, porque tiene costumbre de reflexionar sobre estas singularidades propias de la naturaleza humana. El miedo, a veces, es el mejor agente del valor. Sí; por miedo se cumplen actos de heroísmo; por canguelo se realizan determinaciones que en estado normal nos ponen los pelos de punta. Una persona que se ve rodeada de llamas, o teme que el incendio se propague y le pille encerrada en una habitación y el humo la asfixie, no se encomienda a Dios ni al diablo para arrojarse de un quinto piso a la calle, aunque se estrelle. Con esto quiero decirle cómo a las gentes de Cebre y sus cercanías, el propio terror de caer en las uñas de Lobeiro les infundió una resolución tremenda adoptada con cautela tal, que todo lo hicieron en el mismo secreto y unión que cuenta usted que profesan los nihilistas rusos. Verá, verá cómo ocurrió la cosa.

Llegado el día de la fiesta de la Virgen en el santuario de Boán, fui yo allá convidado por el cura, que es amigo. Se reunió un gentío, que era aquello un hormiguero: hubo sus cohetes, sus gaitas, sus bailas, sus calderadas de pulpo y su tonel de mosto; lo que sabe usted que nunca falta en tales romerías. También andaban algunas señoritas muy emperifolladas dando vueltas y luciendo los trapitos flamantes; y la más bonita de todas, Micaeliña, que paseaba con la madre por debajo de los robles, hecha un sol de guapa. Acababa de cumplir los trece años; se conoce que estrenaba vestido, y no cabía en sí de contenta; el vestido era blanco, con lazos de color de rosa, precioso, de seda riquísima, locura para una chiquilla así.

La madre: "Micaeliña, no te arrugues", por aquí, y "Micaeliña, no te manches", por allá; y la criatura, al principio, respetando mucho la gala; pero, ya se ve, luego se cansó de guardarle miramiento al vestido majo y vino, disparada, a tirarme del balandrán. "Eugenio, ¿corremos?" Al principio fui a remolque; pero, al fin -este pícaro genio gaitero que tengo yo...-, me hizo la rapaza pegar mil carreras por aquellas cuestas abajo, riendo los dos como locos. Y cuidado que me daba no sé qué por el cuerpo el divisar a Lobeiro allí, a dos pasos, con sus manos donde yo sabía que había manchas de sangre fresca.

El diantre del cacique, cuando me vio tan divertido con la hija, me llamó aparte, y, sin mirarme una vez siquiera, con los ojos torcidos para el suelo, me dijo:

-Hombre, Eugenio, hágame un favor: convenza a mi mujer y a la chiquilla de que va a estar muy bien Micaela en el colegio de Orense.

-¿Y usted se separa de ella? -pregunté con asombro.

-Sí, hombre... Cosas que uno discurre porque no tiene remedio -contestó él muy encapotado y a media habla.

Así que la familia de Lobeiro y los ad láteres que siempre le escoltaban se retiraron de la romería, pregunté al cura de Boán, extrañándome de la idea de enviar a Orense a la chiquilla, cuando precisamente era el encanto de su padre. Boán me dio una explicación plausible:

-Eso lo hace por no exponer a la rapaza a un lance cualquiera. Le tienen amenazado de muerte, y veinte veces ya le avisaron de que su casa ha de arder. Y aunque él dice que, según la construyó, no es tan fácil pegarle fuego, no quiere tener aquí a Micaeliña, porque recela alguna barbaridad.

Ya verá usted, señora, cómo, efectivamente, no ardió la casa de Lobeiro.

Yo dormí en la rectoral de Boán aquella noche. Con el choyo de la fiesta se había empinado y engullido muy regularmente; de modo que el primer sueño fue de piedra. Estaba como una marmota, que si me sueltan un redoble de tambor en los mismos oídos, no doy a pie ni a mano. Conque figúrese lo que sería la explosión para que me incorporase en la cama de un brinco.

¡Puummm! ¡Boom! Nunca acababa de sonar. Yo, a oscuras, a tientas, buscando las cerillas y gritando por el criado:

-¡Eh! ¡Ave María Purísima! ¡Rosendo! Condenado, ¿duermes o qué haces? ¿Se cae la casa? ¡Jesús, Dios y Señor, misericordia!

Por fin encendí el fósforo, y cuando entró Rosendo, aturdido, tropezando, en ropas menores, no pude aguantar la risa. El muchacho casi se echó a llorar.

-Sí, ríase, que es para reír. Señor, no ría, que es pecado. Estoy que se me arrepian las carnes.

-Pero ¿qué hay? ¿Qué demonios pasa?

-¿Y quién lo sabe, a no ser un brujo? Parece que se ha hundido mismamente el mundo todo de la tierra.

Escuché. Nada, silencio. Salí a la ventana. Ni señal de cosa alguna. Me palpé: estaba sano y bueno. El cura de Boán andaba por allí azorado, dando vueltas. Nos pusimos a hacer comentarios. Nadie se quiso volver a la cama. Cada uno defendía su conjetura, cuando, ¡tras, tras!, ¡a la puerta!... ¡Al señor cura de Boán, que vaya a dar los santos óleos y a confesar a Lobeiro, que se muere! Boán dista un cuarto de legua de la casa de Lobeiro. El que traía el recado nos enteró de todo.

Mientras Lobeiro, su hija y sus satélites estaban de parranda, con mucho tiento, al pie del balcón mayor, "habían" depositado veintiséis cartuchos de dinamita -lo bastante para volar una fortaleza- y su mecha correspondiente. Hecho esto, retiráronse con tranquilidad, pie ante pie. A la noche, recogida ya la familia, silencioso todo, "alguien" cogió el cabo de mecha, le prendió fuego y desvió con mucha calma. De los veintiséis cartuchos, sólo diez o doce se inflamaron. Pero fue más de lo preciso.

No se salvó alma viviente. Entre los escombros de la casa yacían el cadáver de la mujer de Lobeiro, el tronco mutilado del criado y el cuerpo de Micaeliña, muerta como una paloma que le dan un tiro, con su sangre en las sienes, tendida al lado de su padre. El lobo aún vivía; fue el único que no pereció en el acto. Antes de expirar tuvo disponible una hora larga para contemplar a su oveja difunta... Digan lo que quieran los sabios esos del materialismo..., ¡retaco!, yo juro que hay Dios, y un Dios que castiga sin palo ni piedra... Con dinamita, corriente, ¡Con lo que sale!

¿Quién fue el autor o autores de la hazaña? ¡Retaco! Dios... Digo, no; soy un bruto. Pues todos y nadie; la comarca. Llamen a declarar a Cebre entero, y respondo de que el juez no saca en limpio ni tanto así. Resultará que aquella noche nadie faltó de su casa, y que desde hace veinte años nadie compró dinamita ni pólvora más que para las bombas y las madamas de fuego de las romerías. ¿Quiere usted más? ¿A que no se atreve el Gobierno a llevar adelante la persecución? Ya ve usted, hoy mandan los de Lobeiro. ¿A que ni ocho días va nadie a la cárcel por lo que llamamos aquí "el cuento de la dinamita"?

Hay conversaciones que desde que el mundo es mundo se suscitaron y se suscitarán, y que tiene un desarrollo ya previsto, pudiéndose vaticinar de antemano las vulgaridades que han de decirse sobre la materia, porque de tiempo inmemorial vienen repitiéndose y rebatiéndose los mismos argumentos.

Posee este género de conversaciones la propiedad de inspirar frases enfáticas, de falsear la naturaleza, imponiendo la ostentación de sentimientos convencionales; y de aquí su eterna monotonía, porque si el hombre verdadero siente con infinita variedad y riqueza de matices, el hombre artificial, modelado por las preocupaciones, marcha en línea recta, con movimiento automático.

Una de estas pláticas a que aludo es la línea de conducta del marido con la mujer infiel... ¡Qué de resoluciones trágicas, qué de energías, qué de majestuosa altivez muestran entonces los hombres! Cada quisque puede dar lecciones de dignidad a Otelo: el médico aquel de la sangría suelta se queda tamañito. Sin embargo -así como la observación positiva del desafío demuestra la gran superioridad numérica de los prudentes, la observación, también positiva, del conflicto conyugal revela que esas vengativas terriblezas son un derroche de voluntad al alcance de muy contadas fortunas. La resignación es la nota más común, sobre todo la resignación teñida de color de indiferencia o ignorancia.

-Lo que escasea -me decía un amigo aficionado a indagar historias- es la resignación envuelta en ingeniosa ironía, y voy a contarle a usted un caso característico, por haber ocurrido entre gente aldeana, pero gente aldeana de aquella terra nuestra, donde cada labriego es un sutil diplomático en ciernes.

El tío Marcos Loureiro emigró porque no podía sobrellevar el peso de las contribuciones ni sostener con su labor agrícola a la mujer y a los tres rapacinos. En Montevideo, con harta fatiga, fue atesorando un modestísimo peculio suficiente para vivir con cierto desahogo, a lo villano, en su querido rincón: lo bastante para que no le faltase -como ellos dicen- pan y puerco todo el año.

Con patriarcal sencillez, Marcos se daba ya por contento; mas principió a recibir de su aldea cartas de cierto compadre Antón, muy razonadas, disuadiéndole de volver tan pronto y animándole a traer algo más que "una pobreza".

Aseguraba también el compadre Antón que la familia de Marcos ya no pasaba necesidad alguna, porque el amo, el señor conde de Castro, les había rebajado en más de la mitad el arriendo del lugar que llevaban, y la comadre Sabel, con su trabajo, ganaba lo suficiente para que ni ella ni los chiquillos careciesen de abrigo y caldo "de pote".

Es de advertir que el compadre Antón hablaba oficialmente, porque a la comadre Sabel le estorbaba lo negro, y por medio de Antón se comunicaba con el ausente esposo. Pareció el consejo muy discreto, y Marcos siguió reuniendo patacones; pero transcurridos cinco años, y dueño ya de un capitalejo tan humilde en América como considerable en la aldea de Castro, comenzó a escamarle el empeño de tenerle a distancia que mostraba el tío Antón. No era Marcos ningún bolonio, y la suspicacia natural del labriego se despertó y dio en atar cabos y devanar cavilaciones.

Resolvió, pues, volver secretamente a su hogar, y así como lo resolvió lo hizo, desembarcando en Marineda de Cantabria y tomando al punto el coche de línea que le llevó, no sin peligro de sus huesos, a Compostela. Allí se echó a la calle con propósito de ajustar un jamelgo para andar las cuatro leguas que faltaban hasta Castro.   Iba Marcos regodeándose con su plan que consideraba excelente. Si en su casa todo marchaba en orden, ¡magnífica sorpresa la de verle llegar tan bien portado y hasta con su cadena de oro de tres vueltas! Y si había allá "choyo"..., ¡magnífica sorpresa también!

Saboreando sus propósitos, al revolver de una esquina tropezó con un aldeano, que, al verle, pegó involuntario respingo y trató de escabullirse, ocultándose en un portal; mas no le valió la treta, porque Marcos echó a correr detrás del fugitivo, le agarró por la faja de lana de colores y obligó al compadre Antón -pues él era- a volverse y reconocerle. Cogido ya el labriego, hizo a mal tiempo buena cara y saludó a Marcos mostrando cordialidad. Al enterarse de que Marcos proyectaba salir para Castro inmediatamente, tuvo Antón nuevos conatos de fuga, igualmente frustrados, porque el marido de Sabel, con suma firmeza, declaró a su compadre que no se descosería de su lado por un imperio.

"Te veo, viejo encubridor -pensaba Marcos-. Quieres adelantarte para avisar y que yo encuentre todo aquello amañadito. No me chupo el dedo. Así duermas hoy aquí, contigo duermo yo. No te valen las triquiñuelas. A Castro hemos de llegar más juntos que la oblea y el papel."

Apenas se convenció el tío Antón de que el compadre no le soltaba, como era menos terco que ladino, resignóse, ajustó el caballo para Marcos, arreó su propia cabalgadura, y tres horas antes de ponerse el sol salieron carretera adelante.

Ya se comprende que Marcos ni soñaba en que el compadre, con aquel pescuezo que parecía corteza de tocino rancio y aquella cara de polichinela entrado en edad, pudiese ser el ladrón de su honra; además, Marcos sabía que el tío Antón estaba más pobre que las arañas, más viejo que el pecado, y que como no se aficionase de una ternera o de un saco de maíz, lo que es de otra cosa...

Seguro, pues, del papel que en el reparto de aquel drama podía corresponderle al tío Antón, Marcos se propuso sacarle la verdad del cuerpo durante el camino, y, en efecto, a cosa de legua y media, ya el esposo de Sabel no ignoraba el nombre y condición del ofensor, que no era otro que el mayordomo del conde de Castro. Exigirían un libro entero, si se hubiesen de escribir, los circunloquios, amonestaciones, consejos, palabras calmantes y reflexiones filosóficas, a lo Sancho, que el viejo compadre le endilgó al ultrajado marido. Oyó este con sorna, mirando de reojo al consejero y calculando los perdones de renta y otras ventajas que a cuenta del señor conde de Castro habían premiado el servicio de tenerle a él, Marcos Loureiro, tanto tiempo allá por tierras de ultramar. Cuando el tío Antón hubo terminado su insinuante arenga, Marcos se encogió de hombros, y, sin mover un músculo de la cara, dijo por toda respuesta:

-Demasiado sabemos lo que son las mujeres.

-En eso estamos -confirmó el vejezuelo-; pero, a las veces, el hombre, cuando ve delante ciertas cosas, vásele el seso de la cabeza, compadre.

-El seso mío no se va tan fácil, y ver no he de ver cosa mala.

-Veráslas, hombre, así que entres por la puerta.

-Pues me da la gana de verlas, y no se me adelante, que hemos de llegar con las cabezas de las bestias juntas así.

Diciendo y haciendo, Marcos puso su jamelgo tan cerca del cazurro vejete, que la espuma de un freno manchó al otro; y, callando los dos, prosiguieron el viaje hasta avistar la aldea, a la hora del anochecer.

A favor de las sombras que empezaban a tender su crespón, dejaron los caballos atados a unos árboles y entraron a pie y recatadamente, pegados a las choza, en la aldeílla. Marcos reconoció su casa y se fue a ella derecho, arrastrando al tío Antón, que ya temblaba como un azogado.

Por la rendija de la ventana salía luz.

-No mire, compadre; no mire -decía el viejo al marido; pero éste, aplicando un ojo a la abertura, se estremeció ligeramente, a pesar de su estoicismo de salvaje, porque había visto a su mujer (a quién dejó enfermiza y amarillenta) fresca, redonda, sanota, con una criatura de pocos meses colgada del blanco pecho... Aquellas eran, sin duda (ahora lo comprendía), las "cosas malas" que sin remedio tenían que metérselas por los ojos, pues el suprimirlas no parecía grano de anís...

Marcos se apartó de la ventana y pegó en la puerta tres golpes secos y sonoros. El tío Antón comenzó a rezar el credo. Sabel dejó el niño en la cuna y salió a abrir. Cuando reconoció a su marido no gritó; al contrario; se quedó hecha una estatua, extendiendo los brazos como para impedirle entrar.

Abarcó el esposo de una sola ojeada el aspecto de la vivienda, y lo encontró excelente. Antes de que él se marchase eran allí desconocidos los lujos de colchones, colchas, cunas, mesas, sillas, armarios y buen quinqué de petróleo; nunca Sabel había vestido de lana rasa como entonces, ni calzado rico borceguí de becerro, ni usado tan finas ropas como las que se entreparecían al través del justillo aún desabrochado.

¿Recordó Marcos que al partir él quedaba desnuda y hambrienta su familia?

¿Hizo memoria de ciertos deslices propios allende los mares?

¿Fue distinta sugestión, nada altruista, aunque sobrado humana, la que se le impuso?

Ello es que, penetrando en la casa, pasó a donde antaño estaban las camas de los tres hijos y, al contar cinco cabezas de mayor a menor y ver la del mamoncillo en su cuna aparte, llegóse a su mujer, le tomó la barba y la acarició un momento; después movió la mano derecha de alto abajo, amenazando en broma, con media sonrisa, y murmuró:

-¡No sé qué te había de hacer? ¿Y si yo fuese otro?

-Casualmente la víspera -empezó a contar el sargento de guardias civiles, apurado el vaso de fresco vino y limpios los bigotes con la doblada servilleta- había ya caído en la tentación, ¡cosas de chiquillos!, de apropiarme unas manzanas muy gordas, muy olorosas, que no eran mías, sino del señorito; como que habían madurado en su huerto. Les metí el diente; estaban tan en sazón, que me supieron a gloria, y quedé animado a seguir cogiendo con disimulo toda fruta que me gustase, aunque procediese de cercado ajeno.

Cuando el señorito me llamó al otro día, sentí un escozor: "Van a salir a relucir las manzanas", pensé para mí; pero pronto me convencí de que no se trataba de eso. El señorito me entregó su escopeta de dos cañones, y me dijo bondadosamente:

-Llévala con cuidado. Mira que está cargada. Si te pesa mucho, alternaremos.

Le aseguré que podía muy bien con el arma, y echamos a andar camino de las heredades. En la más grande, que tenía recentitos los surcos del arado (porque eso sucedía en noviembre, tiempo de siembra del trigo), se paró el señorito y yo también. Él levantó la cabeza y se puso a registrar el cielo.

-¿No ves allí a esa bribona? -me preguntó

-¿A quién?

-A la "garduña"...

-Señorito, no. Son cuervos; hay un bando de ellos.

En efecto, a poca altura pasaban graznando cientos de negros pajarracos, muy alegres y provocativos, porque veían el trigo esparcido en los surcos y sabían que para ellos iba a ser más de la mitad. (¿Pobres labradores!) El señorito me pegó un pescozón en broma, y me dijo:

Más arriba, tonto; más arriba

Allá, en la misma cresta de las nubes, se cernía un puntito oscuro, y reconocí al ave de rapiña, quieta, con las alas estiradas, Poco a poco, sin torcer ni miaja el vuelo, a plomo, la garduña fue bajando, bajando, y empezó a girar no muy lejos de donde nos encontrábamos nosotros.

-Dame la escopeta -ordenó el señorito.

Obedecí, y él se preparó a disparar; sólo que la tunanta, de golpe, como si adivinara, se desvió de la heredad aquella, y cortando el aire lo mismo que un cuchillo, cátala perdida de vista en menos que se dice.

-No has oído la maldita -exclamó el señorito, incomodado-. El jueves, que no traía yo escopeta, estuvo más de una hora burlándose de mí. Sólo le faltó venir a comer a mi mano. Fija a diez pasos, muy baja, haciendo la plancha y clavando el ojo en un sapito que arrastraba la barriga por el surco, hasta que se dejó caer como un rayo, trincó al sapo entre las uñas y se lo llevó a lo alto de aquel pino que se ve allí. ¡Buena cuenta habrá dado del sapo! Y hoy, en cambio, ¡busca! Nos va a embromar la condenada... ¡Calla, que vuelve!

Volvía, y tanto volvía, que se plantó lo mismo que la primera vez, recta sobre nosotros. Sin duda, le tenía querencia al sitio, y en la heredad aquella encontraba la mesa puesta siempre. El señorito tuvo tiempo de apuntar con toda calma, mientras la rapiña abanicaba con las alas, despacito, avizorando lo que intentaba atrapar. Por fin, cuando le pareció la ocasión buena, el señorito largó el tiro... ¡Pruum! A mi me brincaba el corazón, y al ver que el pájaro "hacia la torre", dando sus tres vueltas en redondo y abatiéndose al suelo lo mismo que una piedra, pegué un chillido y por nada me caigo también.

-¿Qué haces, pasmón, que no portas? -me gritó el señorito.

Eché a correr, porque ya usted ve que no podía desobedecerle; pero me temblaban las piernas y se me desvanecía la vista. ¿Sabe usted por qué? Por la conciencia negra; porque se me venían a la memoria las manzanas, y me escarabajeaba allá dentro el miedo al castigo. Recogí el ave, y al levantarla me acuerdo que me espanté de reparar que estaba ya fría por las patas y el pico. Era un animal soberbio: medía tres cuartas de punta a punta de las alas; la pluma, canela claro con unos toques castaños primorosos; el pico, amarillito, y las uñas, retorcidas y fuertes, que parecía que aún arañaban al tiempo de agarrarlas yo. Le miré a los ojos, porque sabía que estos bichos tienen una vista atroz finísima, como la luz. Los ojos estaban consumidos, deshechos y alrededor se notaba una humedad..., a modo como si el animalito soltase lágrimas.

-Venga aquí esa descarada ladrona -ordenó el señorito-. La vamos a clavar por las alas para ejemplo. ¿Qué es eso, rapaz? Se me figura que te da lástima la pícara.

Me eché a llorar como un tonto. Usted dirá que no es creíble. Pues nada, me eché a llorar; pero no por la muerte del pájaro, sino porque me miraba en aquel espejo, y creía que también iban a pegarme un tiro con perdigones, y que me despatarraría en el sembrado, con el hocico frío y los ojos vidriados y derretidos casi. Veía a mi madre llegar dando alaridos a recogerme, y a mis hermanas que al descubrir mi cuerpo se arrancaban el pelo a tirones, pidiendo por Dios que al menos no me clavasen en un palo para escarmiento de los que roban manzanas. ¡Ay, clavarme, no! ¡Sería una vergüenza tan grande para mi familia y hasta para la parroquia!

Admirado el señorito de mi aflicción, y creyendo que la causaba el triste fin del avechucho, me pasó la mano por el carrillo y me dijo riéndose:

-¡Vaya un inocente! ¡Tanto sentimiento por la raída de la garduña! ¿Tú no sabes que es un bicho ruin, que se merienda a las palomas? ¿No viste las plumas de la que se zampó el domingo? De los ladrones no hay que tener compasión.

En vez de quitarme el susto, estas palabras me lo redoblaron, y sin saber lo que hacía ni lo que decía, me eché de rodillas y confesé todo mi delito; creo que si no lo hago así, en seguida, reviento de angustia. El señorito me oyó, se puso serio, me levantó, me colocó en las manos la escopeta otra vez, y dejando el ave muerta sobre el vallado, me dijo esto (juraría que lo estoy escuchando aún):

-Para que no te olvides de que por el robo se va al asesinato y por el asesinato al garrote..., anda, aprieta ese gatillo... y pégale la segunda perdigonada a la tunantona. ¡Sin miedo! Cerré los ojos, moví el dedo, vacié el segundo cañón de la escopeta... y caí redondo, pataleando, con un ataque a los nervios, que dicen que daba pena mirarme.

Estuve malo algún tiempo; el señorito me pagó médico y medicinas; sané, y cuando fui mozo y acabé de servir al rey, entré en la Guardia Civil.

Aquella discreta viuda que en Madrid acostumbraba referirnos cada jueves una historia me ofreció hospitalidad veraniega en la bonita quinta que poseía a pocos kilómetros de M***, y como todas las tardes saliésemos de paseo por las inmediaciones, sucedió que un día nos detuvimos ante la verja de cierta posesión magnífica, cuyo tupido arbolado rebasaba de las tapias y cuyas canastillas de céspedes y flores se extendían, salpicadas y refrescadas por lo hilillos claros y retozones de innumerables surtidores y fuentes que manaban ocultas y se desparramaban en fino rocío, resplandeciendo a los postreros rayos del sol. Gentiles estatuas de mármol blanqueaban allá entre las frondas, y el palacio erguía su bella escalinata y su terraza monumental en el último término que alcanzaba la vista.

A mis exclamaciones de admiración y a mi deseo de entrar para ver de cerca tan deleitoso sitio, la viuda respondió sonriente:

-Entraremos, ya lo creo... Llame usted; ahí está la campana... La finca es de un millonario, el señor Barbastro, que se ha gastado en ella muy buenos pesos duros, y tiene, como es natural, gusto en ostentarla y lucirla, y en que se la alaben y ponderen.

En efecto, a mi llamada acudió solícito un criado, que, abierta la verja y con mil reverencias, se dio prisa a guiarnos hasta un mirador calado, tupido de enredaderas olorosas, donde encontramos a los dueños de la regia finca, marido y mujer. Él se levantó, obsequioso, con esa cortesía algo almidonada de los que han residido en América largo tiempo; ella medio se incorporó, y, toscamente, y a gritos, nos dijo, alargándonos la manaza, aunque a mí no me había visto hasta aquel crítico instante:

-Miren, miren por ahí cuanto "haiga"... Dicen que está muy precioso. No se encuentra otra cosa así en toda la provincia. ¡Vaya!... Tampoco nadie se gastó el dinero como nosotros. ¿Eh, Barbastro?

Observé que al interpelado dueño le salían a la cara los colores, y mi asombro subió de punto al detallar bien la catadura y pelaje de la dueña. Era bizca, morena, curtida, de deprimida faz, de frente angosta, de cabello escaso y recio; en suma: feísima, y, además, ordinaria y zafia. Vestía de seda, con lujo y faralaes, en sus negruzcos dedos brillaban anillos caros. Tenía a su lado una mesita cargada con licorera y copas, y no por adorno, pues cuando me acerqué me echó vaho de anisete. No continué examinando a tan extraña señora, porque su esposo, acongojado y confuso, se apresuró a sacarnos de allí a pretexto de enseñarnos "la chocilla". Dejamos a la castellana platicando con la licorera, y recorrimos el palacio, jardines y bosques, que, en realidad, bien merecían la detenida visita que les consagrábamos. A medida que nos alejábamos del mirador y que íbamos admirando y elogiando calurosamente los amplios estanques, la linda pajarera, las sombrías grutas, las majestuosasalamedas, y las estufas, en que tibios chorros de vapor sostenían la vegetación de raras orquídeas, el semblante del poseedor y creador de tantas maravillas se despejaba, llegando a irradiar ventura y satisfacción de artista aclamado. Cuando nos despedimos hízonos mil ofrecimientos cordiales; nosotros, por nuestra parte, le encargamos que presentase nuestros respetos a la señora, pues se acercaba la noche y no teníamos tiempo de volver al mirador y romper su íntimo diálogo con el anís.

Naturalmente, al hallarnos otra vez en el camino real, al vivo trote de las jaquitas indígenas que arrastaban la cesta, mi primera pregunta a la viuda tuvo por objeto enterarme de la esposa de Barbastro.

-¿Cómo es que un señor tan correcto, tan cortado, tan digno, se ha casado con esa farota, que parece una labriega?

-No lo parece, lo es -respondió la viuda, saboreando mi curiosidad-.

Se llama Dominga de Alfónsiga, y antes de casarse andaba "sachando" el "millo" y recogiendo y apilando el estiércol; ¡buenas manos tenía para eso, y menudo rejo el de la bellaca!

-¿Y cómo ascendió al tálamo del ricachón? ¿Era bonita?

-¡Bonita, sí! ¡Bonita! Siempre tuvo cara de carbón a medio apagar; la conocían por el apodo de Morros Negros.

-Vamos, barrunto que en la boda de este señor opulento, atildado y de unos gustos tan a la moderna, existe alguno de esos enigmas indescifrables de "elección conyugal" que usted colecciona para un muestrario de las extravagancias humanas, y que le interesan a título de rareza, de caso patológico...

-No es indescifrable, pero sí muy peregrino, el caso... Verá usted. Este señor Barbastro, que no es todavía ningún viejo, salió muy joven para América; sus padres habían muerto, y la suerte le deparó en Montevideo un pariente que ya había juntado rico pellón, esa primera millonada, doblemente difícil de reunir que las segundas. El pariente se aficionó al muchacho, le adoptó, le adoctrinó, y tuvo la oportunidad de morirse a los dos o tres años, legándole cuanto poseía. Sobre la base firme de la herencia, Barbastro especuló y supo lanzarse a grandes empresas con feliz acierto. En corto tiempo se encontró riquísimo, y asustado por las revueltas y disturbios de aquel país, no quiso establecerse definitivamente en él -como si aquí viviésemos en alguna balsa de aceite-. Liquidó su caudal, lo impuso en fondos europeos, y se vino a su tierra, deseoso de realizar dos ensueños: construir una casa de campo nunca vista y desposarse con una muchacha sin bienes, pero linda y virtuosa,como tantas de M***, que es un vergel en este punto.

Empezó por la quinta: primero el nido; después vendría el ave de amor, el ave tierna y arrulladora. Para la quinta sólo le convenía este sitio, porque en él radicaba la vieja y ruinosa casita que habitaron siempre sus padres, y el orgullo de Barbastro era erigir un palacio en reemplazo de la casucha. Rescató el terreno, que estaba en las garras de un usurero, compró predios alrededor, y encargó sus planos, los cuales, como suele suceder, fueron al principio relativamente modestos, y después adquiriendo vuelo y grandiosidad. La verja que debía rodear la posesión tenía elegante forma oval; pero Barbastro saltó al notar que por la izquierda, en vez de la línea armoniosamente desarrollada del otro lado, presentaba una inflexión, una entrada que parecía un mordisco. ¡Y aquello caía precisamente hacia el frente del camino, a la parte en que todos tenían que ver la falta! El arquitecto, interrogado, respondió sin inmutarse:

-¿Qué haremos? Eso es un pedazo de tierra, un prado, que no nos quieren vender.

-¿Ha ofrecido usted por él una regular cantidad?

-¡Ya lo creo!

-Ofrezca más.

Extraordinaria desazón sufrió Barbastro al saber que la aldeana poseedora del prado que mordía la finca se mantenía en sus trece. Las obras empezaron: el palacio surgió del erial; nacieron los encantadores jardines; pero Barbastro sólo pensaba en el quiñón maldito que desfiguraba su verja. Fue en persona a hacer proposiciones a Dominga - ella era la propietaria, ya lo habrá usted adivinado- y encontró una obstinación estúpida y maligna, un "no" de argamasa, una indiferencia despreciativa hacia el oro de que ya ofrecía el indiano cubrir literalmente el malhadado pedazo de tierra. El ansia de adquirir llegó a convertirse en fiebre. Barbastro, en su opulencia, era desgraciado, porque cada vez que recorría las obras e inspeccionaba la colocación de la verja, de ricas labores y dorada, envidia y pasmo de M***, le saltaba a los ojos el defecto, y hubiese dado, no ya dinero, sangre de las venas, por el trozo de prado que estropeaba su creación. Esta obsesión no la comprenderá sino

el que haya construido en el campo. Hay motas de terruño colindantes que pueden ser pedazos del alma, médula del deseo...

Así es que, enloquecido, después de luchas estériles, de ofrecimientos insensatos, de amenazas, de ruegos, de hacer jugar influencias y de servirse del párroco, que pretendió despertar la obtusa conciencia de Dominga, una mañana Barbastro entró en la casuca de la aldeana, como quien se lanza al mar, resuelto a todo..., y encontró una rural Lucrecia, que sólo ante el ara sagrada rendiría su zahareña y nunca asaltada virtud. Terrible era la condición; pero Barbastro se hallaba tan ofuscado, tan emperrado, tan fuera de sí, que cerró los ojos, a manera del que se precipita a un abismo, y... ¡ya lo sabe usted!, entregó su mano y sus millones a Dominga de Alfónsiga, alias Morros Negros.

-¡Desdichado! -exclamé, entre chazas y veras.

-¡Y tan desdichado! -repuso la viuda-. Al principio quiso pulirla; pero, ¡quiá! Más fácil sería hacer de una guija de la carretera un diamante... Ella, la Domingona, ha vencido en la lucha; hace lo que quiere, le tiene bajo el zapato; se pasa la vida echando traguetes de licor, y merendando, y jugando a la brisca con las doncellas y el cocinero; y él para consolarse de su atroz mujer, enseña a todo el mundo las bellezas de su amada, de su verdadera novia..., que es la quinta.

Todas las noches, después de cenar, venían fielmente a hacerle la partida de tresillo al señor de las Baceleiras los tres pies fijos de su desvencijada mesa: el médico, don Juan de Mata; el cura, don Serafín, y el maestro de escuela, don Dionisio. Llegaban los tres a la misma hora y saludaban con idénticas palabras, trasegaban el medio vaso de vino que don Ramón de las Baceleiras les ofrecía, y se limpiaban la boca, a falta de servilletas, con el dorso de la mano. Después don Serafín, que era servicial y mañero, encendía las bujías, no sin arreglar antes el pabilo con maciza despabiladera de plata, y hasta las diez y media se disputaban los cuatro unos centimillos. A esa hora recogían los tresillistas en la antesala los zuecos de madera, si es que era lluviosa la noche o había fango en los caminos hondos, y se dirigía cada mochuelo a su olivo pacíficamente.

Cinco años de fecha contaba esta asociación para el más inofensivo de los pasatiempos, y era ya el único goce del viejo y enmohecido señor de aldea, que se pasaba la mitad de la vida clavado en su poltrona por la gota y el reumatismo. Aquellas horitas de juego y de charla prestaban algún interés al día, que se deslizaba lento, interminable, prolongado por la soledad, la quietud forzosa y el tedio de la vejez sin familia, sin deberes y sin quehaceres. Las tres personas que venían a jugar con don Ramón no eran ni sabias ni oportunas, ni afluentes en la charla, ni apenas estaban enteradas de lo que acontecía en el mundo; pero, así y todo, traían noticias, rumores, opiniones, embustes, manías y humorismos de cada cual; don Juan de la Mata, por su profesión, recogía aquí y allí la crónica del lugar, la chismografía de los "mantelos" y de las chaquetas de rizo -que la tienen, y muy picante-; don Serafín se encargaba de la alta política, porque leía El Correo Español y estaba altanto de los pensamientos del zar de Rusia y el emperador de Austria; y en cuanto a don Dionisio, hablaba enfáticamente de todo lo divino y lo humano, y por las condenadas elecciones llevaba al dedillo la política local. El señor de las Baceleiras tomaba parte en la conversación, tanto más a gusto cuanto que su parecer era oído con respeto por los tres compañeros, habituados a ver en él al señor -un ser superior, puesto que no hacía nada y vivía de sus rentas.

El señor de las Baceleiras poseía muchas tierras en aquella aldea misma y en otras partes. Si es cierto que todo el mundo nace propietario, y que el instinto de apropiación y defensa de lo adquirido es fuerte como la muerte desde los primeros albores del mundo, en nadie se reveló más vigoroso este instinto ni arraigó con más hondas raíces que en don Ramón. Amaba con vehemencia y defendía con rabia su propiedad, ni más ni menos que si tuviese una dilatada prole a quien transmitirla, y que si no estuviese próximo, por inexorable decreto de los años, a dejárselo todo aquí, para regocijo de unos sobrinos que vivían en Mondoñedo y no habían visto a su tío ni una sola vez. Ello es que, a pesar de acercarse el término en que se abandona la hacienda con la vida, don Ramón, siempre que se lo permitían los achaques y la maldita pierna, salía a recorrer y examinar sus fincas más próximas, a ver qué tal espigaba el maíz, cómo habían agradecido el riego los prados, si medraban los pinosy si el nogal grande cargaba de fruta más que el año anterior.

En este nogal tenía puestos los ojos y el corazón su dueño. La verdad es que árbol como él no se hallaba en diez leguas a la redonda. Crecía el hermoso ejemplar de la especie vegetal al borde del camino, frente a la tapia de la casa de los Baceleiras, y a orillas de una heredad sembrada de patatas, pertenecientes a don Juan de Mata, el médico. ¿Por qué siendo del médico la heredad eran el lindero y el árbol de don Ramón? Averígüelo el que pueda desenredar la inextricable maraña de la subdividida fincabilidad gallega.

Ahora bien; el caso fue que una mañana, una radiante mañanita de octubre, en que todo era sosiego y paz en el campo, el señor de las Baceleiras, arrastrando un poco la pierna, pero animoso, se detuvo ante el nogal y se alborozó al verlo tan agobiado de fruto. Por parte, en ciertas ramas expuestas al sol del Mediodía, veíanse más nueces que hojas, y sobre la hierba que afelpaba la linde de don Ramón, algunas ya caídas, muy gordas y lucias. Tentado estuvo a recogerlas, y si no es por la pierna, las recoge: "Alberte me las traerá luego", pensó; y al llegar a su casa dio la orden al criado.

-Hoy, a la cena, postre de nueces nuevas -dijo satisfecho.

Mas como a la cena las nueces no pareciesen, interpeló a Alberte, el cual respondió que, yendo a coger las nueces caídas, no había encontrado en el suelo ni una.

-Si las he visto yo mismo, y eran lo menos una docena -prorrumpió el señor de las Baceleiras, amostazado.

-Pues las habrán apañado los rapaces -contestó Alberte, con esa satisfacción socarrona del aldeano y del fámulo cuando suceden cosas que al amo le contrarían.

A la hora del tresillo, llegó el primero don Juan de Mata, y al entrar sacó del bolsillo de la vieja americana de dril un envoltorio.

-Nueces nuevas -murmuró, con triunfal sonrisa, ofreciendo la dádiva al señor, que se quedó helado.

-¿Nueces nuevas? -murmuró-. ¿De qué nogal las ha cogido?

-Del nuestro -contestó, con la mayor flema, el médico, echándolas en un plato, porque ya venían mondadas y cascadas.

-¿Del nuestro? ¿De cuál nuestro, vamos a ver?

-¡Sí, que no lo sabe don Ramón! Del grande, del del camino...,del que me hace sombra a las patatas..., y bien que me las jeringa.

-Pero don Juan, ese nogal... es tanto de usted como del nuncio. ¿Cómo le iba yo a entender, santo de Dios? Ese nogal... no es de nadie sino del presente maragato.

Echóse atrás don Juan de Mata al oír las frases y el tono en que se las decía. Era un viejecillo seco cual yesca, ágil y divinamente conservado, a pesar de sus muchos años, gran andarín, cariñoso y sensible, si bien polvorilla y puntilloso a su manera; y el exabrupto de don Ramón le sugirió esta respuesta picona:

-Entonces, ¿quiérese decir que yo robé las nueces que no me pertenecían? Entonces, ¿no es mío lo que cae en mi heredad, sobre mis patatas? Entonces, ¿yo soy un ladrón?

Hay una sentencia árabe, muy sabia, el evangelio del laconismo, que reza: "Antes de hablar, da cuatro vueltas a la lengua en la boca." Don Ramón, por su mal, olvidó en aquel momento la sentencia, si es que la conocía, que no puedo afirmarlo; y dando rienda a la impaciencia y a la desazón, contestó con el aire más agresivo del mundo:

-¡Usted dirá cómo se llama quien toma lo ajeno sin permiso de su dueño! Esas nueces no eran de usted; luego..., saque la consecuencia.

Respingó don Juan de Mata, y levantándose con ímpetu, y tirando las nueces, no a la cara, pero sí a la panza y a las piernas de don Ramón, chilló fuera de sí:

-Ahí las tiene, ahí las tiene, sus cochinas ocho nueces... ¡Mal rayo me parta si vuelvo yo nunca a poner los pies donde me tratan de ladrón, resangre! ¡Quede usted con Judas, y que vengan aquí sus esclavos, que yo soy una persona tan decente como usted!

Al salir de estampía el médico, encontróse en la escalera de piedra a don Dionisio, el maestro de escuela, a quien refirió lo ocurrido, tartamudeando de rabia.

El maestro entró en el comedor muy carilargo, y al pronto guardó diplomático silencio. Mas como don Ramón desahogase el berrinche contándoselo, grande fue su sorpresa al ver que don Dionisio, con pedantescas y desatinadas razones, y con argucias y circunloquios, venía a darle toda la razón al médico.

-Desde luego, a mi humilde y eclipsado punto de vista -decía don Dionisio apretando los labios- no puedo "zozobrar" en reconocer que si la tierra o predio donde fueron apresadas o dígase cosechadas, las nueces, pertenecía a título lícito a don Juan de Mata, él era respectiva y colegalmente dueño de la fruta.

Oyendo don Ramón que también le contradecía el dómine, embravecióse más, y soltó nuevas palabras imprudentes.

-¿Sí? ¿Con que estaba en su derecho don Juan? Pues ya veremos cómo lo sostiene delante de los tribunales, ¡caray!, ya lo veremos. Para mí los que defienden a un ladrón, de su casta son.

Don Dionisio se puso morado. Toda su dignidad profesional se le arrebató a la cara, y con lengua tartajosa de pura indignación, balbució:

-Poco... a poco..., poco... a poco. Soliviántese y refrigérese usted... ¡Yo me retrotraigo a mi cubículo!

El cura cruzaba la puerta cuando el maestro de escuela salía, encontró al hidalgo chispeando y rugiendo como cráter de volcán en plena erupción. ¡Mañana mismo interponía la demanda, y que se tentase la ropa el médico, que iría a presidio! Ante el arrebato del señor, don Serafín que era hombre excelente, un santo varón, en toda la extensión de la palabra, pero de estos que, como suele decirse, andan elevados y se chupan el dedo, tuvo el desacierto de endilgarle al furibundo don Ramón unos textos ascéticos y morales, que así tenían que ver con las nueces como con las estrellas del firmamento; y los ya tirantes nervios del señor -que era iracundo, defecto de casi todos los gotosos, por ser de sangre muy ácida- no sufrieron la homilía del párroco. Don Ramón, ciego y dasatinado, cogió su cayado semimuleta, y lo alzó contra el predicador, que despavorido salió como un cohete escalera abajo, ofreciendo aquel trance a Dios en rescate de sus culpas...

Así finiquitó y se disolvió, cual la sal en el agua, la tradicional partida de tresillo de don Ramón de las Baceleiras. Pero no acaba aquí la historia de las ocho nueces, pues no eran más las que, despojadas de la cáscara verde y partidas para mayor comodidad, presentó en mal hora el médico.

Irritado por aburrimiento de haberse pasado solo toda la noche, deseoso de ejemplar venganza, don Ramón, al siguiente día, interpuso la demanda contra don Juan de Mata por robo de frutas. Aguantó con brío el médico la arremetida; hubo consultas a abogados y procuradores; faltó avenencia en el juicio, apoderóse del asunto la curia de Brigancio, y le hizo gastar al hidalgo, en los años que duró la cuestión, que al fin perdió, una buena porrada de dinero: los miles de pesetas suficientes para cargar de nueces un par de navíos. Y como el despecho y el reconcomio del fastidio y de la soledad le produjesen a don Ramón un ataque más fuerte de los que solía padecer, y hubiese que llamar a don Juan de la Mata para asistirle, éste se negó, alegando que podrían achacarle la muerte de su contrincante y enemigo. Por falta del oportuno socorro empeoróse el hidalgo, y al fin entregó de malísimo talante el alma. El año de su muerte fue de gran regocijo para los rapaces de la aldea, que secomieron toda la cosecha del venerable nogal.

La riqueza de don Gelasio Garroso era un enigma sin clave para los moradores de Cebre. No podían explicarse cómo el pobrete hijo del sacristán de Bentroya había ido a la callada fincando, apandando todas las buenas tierras que salían y redondeando una propiedad tan pingüe, que ya era difícil tender la vista por los alrededores del pueblo sin tropezar con la "leira" trigal, el prado de regadío, el pinar o el "brabádigo" de don Gelasio Garroso. Molinos y tejares; casas de labor y hórreos; heredades donde la avena asomaba sus tiernos tallos verdes o el maíz engreía su panocha rubia, todo iba perteneciendo al ex monago..., y en la plaza de Cebre, en el sitio más aparente y principal, podían los vecinos admirar y envidiar los blancos sillares que una legión de picapedreros labraba con destino a la fachada suntuosa de la futura vivienda del ricacho.

Lo que más hacía cavilar al vulgo era la certeza de que Garroso no había prestado a réditos con usura, ni comerciado, ni heredado a tío de Indias, ni apelado a ninguno de los medios lícitos o ilícitos de cazar con liga a la volandera fortuna. Descartada la misteriosa procedencia de sus caudales, era la vida de Garroso clara y transparente como el cristal, y sus costumbres tan honestas, tan intachable su conducta, que ni se atrevía a rozarle la calumnia con sus alas de murciélago. No sólo no practicaba la usura, sino que solía ayudar desinteresadamente a vecinos a quienes veía con el agua al cuello; de cuando en cuando realizaba verdaderos actos caritativos; no intrigaba, no se metía con nadie, ni era pleiteante ni tirano para sus arrendatarios, ni hacía, en suma, cosa por la cual no mereciese el dictado del hombre más pacífico y justo del orbe. Notaban también su puntualidad en cumplir los deberes religiosos, en no perder misa y en rezar diariamente el rosario; y aunque nose le viese confesar ni comulgar, la gente de Cebre vivía persuadida de que lo hacía don Gelasio durante las temporadas que pasaba en Compostela. Siempre se distinguió por la piedad el hijo del sacristán de Bentroya, lo cual era tradición de familia, pues su padre y su abuelo habían muerto casi en olor de santidad, usando cilicios y edificando a sus contemporáneos. Estos antecedentes explican el asombro de los vecinos de Cebre cuando el que no tenía sobre qué caerse muerto, apareció nivelándose en caudal y rentas con los más altos señores del país.

Ya supondréis que la gente de imaginación no se resignó a no inventar. Quién afirmó intrépidamente que la fortuna de Garroso provenía de un contrabando de armas durante la guerra civil; quién juró y perjuró que en un viejo pazo había encontrado un tesoro fantástico, incalculable. Y no valía argüirles a estos novelistas de fecunda vena con que la guerra civil se había reducido en Galicia a que saliesen unos cuantos latrofacciosos mal armados de escopetas comidas de orín, y que, en cuanto al tesoro del pazo, no parecía verosímil que lo hubiese desenterrado Garroso, pues el único pazo que poseía -comprado a la arruinada y noble familia de Lacunde- no pudo adquirirlo hasta después de tener dinero. A pesar de esta objeción, la leyenda del tesoro fue la que prevaleció, la que obtuvo los sufragios de la multitud, la que lentamente se impuso hasta a los sensatos. Personas autorizadas aseguraban saber de buena tinta que don Gelasio vendía secretamente a los plateros, en Compostela, pedrería y oro labrado, monedas antiquísimas, sartas de perlas y deslumbradores joyeles de rubíes, esmeraldas y diamantes.

¡Y la versión era exacta! Más de una vez, y más de dos, y más de veinte -a cada desembolso, motivado por nuevas adquisiciones-, había realizado don Gelasio el viaje a Compostela, llevando consigo una reverenda bota de lo añejo, la clásica morena del país; pero morena preparada con los cubiletes para hacer juegos de manos, pues bajo el vino ocultaba un doble fondo en que yacían las monedas y las joyas. Los mayorales y zagales de la diligencia observaban que don Gelasio no prestaba su morena a nadie; si asfixiados por el calor le pedían un trago, sacaba dinero y los convidaba en las tabernas. Al llegar a la ciudad, don Gelasio vaciaba la bota, extraía el contenido del doble fondo, y siempre a deshora, y con la reserva más profunda, entraba en una ruin platería agazapada al pie de la catedral, y enajenaba la pedrería rica, los fragmentos de oro machacado, las onzas peluconas de abultado cuño; hecho lo cual regresaba a Cebre sin desamparar la bota. El platero guardaba reserva porque el negocio tenía enjundia.

Lo raro es que, después de excursiones tan fructíferas, solía don Gelasio pasarse dos o tres días en la cama, presa de un mal indefinido, una especie de morriña invencible. No llamaba médico; absorbía una dosis de quina o una de cocción de ruibarbo, y, al fin, se levantaba amarillo y desemblantado, como si saliese de una fiebre. Mal pudiera explicarse el médico la verdadera causa de su desazón, ni decirle que provenía directamente el espanto sentido cada vez que bajaba a la telarañosa cueva donde guardaba los restos del tesoro depositado en sus manos por los monjes de Bentroya cuando, al exclaustrarlos, hubieron de emprender el camino al destierro. Y no era, ciertamente, que le asustase ver las monedas, la plata repujada, ni las joyas que habían adornado sus altares; era que allí en la cueva estaba también -testimonio evidente e irrecusable de su delito- el Cristo viejo, la devotísima imagen conocida en el país por "Nuestro Señor de la Barbas".

Había sido antaño la venerada efigie, de grandor natural, la mejor prenda, el orgullo del famoso monasterio. Acudían en peregrinación los campesinos a adorarla, creyendo que las barbas de aquel rostro pálido crecían con regularidad, siendo preciso despuntarlas cada mes; que aquella angosta frente sudaba gotas de sangre, y que de aquellos ojos vidriosos, revulsos por la agonía, al cometerse en la comarca un escándalo o un crimen, se desprendían gotas de salado llanto. Al saberse que abandonaban el convento los monjes, creyóse que habían llevado consigo al Cristo milagroso. No era cierto. La memoria de la virtud ejemplar del sacristán, la excelente conducta de su hijo, les sugirieron la idea de confiar a este la custodia, no sólo de la imagen, sino de todo el tesoro monacal, desde los cálices visigóticos hasta las onzas de Carlos IV. Creían los buenos monjes que aquello de la exclaustración era una racha pasajera; que la ira de Dios caería sobre quien así profanaba los monasterios; que dentro de un año, dos a lo sumo, aplacaríase la tormenta, sería castigada la iniquidad, y entrarían de nuevo en su amado retiro, con el Santísimo bajo palio y pisando flores. Y hay que reconocerlo: lo mismo creía don Gelasio.

Aguardó, pues, bastante tiempo, más de dos lustros, conservando fielmente el depósito, y evitando que cualquier indicio revelase, en aquel país infestado de gavillas de salteadores, que la cueva de su humilde casucha oculta por la riqueza. Por precaución la distribuyó, deslizando porciones por debajo de las vigas, en huecos que él mismo abría en la pared y tapadas luego con cal y mezcla; en rincones del huerto, que nadie sino él labraba, y donde enterraba muy profundas las ollas rotas atestadas de oro y preseas. Pero corrieron los años; los acontecimientos políticos siguieron su curso; el magno, el erguido monasterio de Bentroya, especie de Escorial perdido en la montaña, empezó a cubrirse de hiedra, a tener goteras, a dar indicios de decrepitud; los moradores de Cebre utilizaron como leña de arder los confesionarios, los estantes de la biblioteca, el piso de las celdas, hasta los tallados sitiales del coro..., y la idea criminal que sordamente bullía en el cerebro y en la voluntad de Garroso se presentó clara y definida, apretó el cerco, se envolvió en sofismas... y logró dar al traste con la acrisolada honradez. En un viaje a Compostela enajenó el contenido de la primera olla, y de vuelta adquirió la primera finca. Lo difícil es empezar. Roto el freno, nada contuvo al infiel fideicomisario.

Ningún aviso, ningún incidente casual vino a recordarle que delinquía. Sin duda todos los monjes habían perecido en la exclaustración; quizá, y es lo verosímil, sólo uno de ellos, el abad, el que hizo entrega a Gelasio del tesoro, sabía el secreto; y el abad, cuando marchó, tenía setenta años y era propenso a la apoplejía. Lo cierto es que nadie se presentó a reclamar nada, y don Gelasio hubiere gozado tranquilidad absoluta en el crimen... a no ser por el Cristo viejo. "Nuestro Señor de las Barbas", la sacra efigie que tanto le habían encomendado los monjes, y que dormía en la cueva, descolgada de la cruz, envuelta en un polvoriento sudario. A cada nueva sangría al tesoro de los monjes, aplicada a satisfacer la codicia; a cada heredad con que redondeaba sus bienes; a cada viaje a Compostela para desprenderse de monedas o joyas, don Gelasio, enfermo de pavor, soñaba noches enteras con el Cristo, y le veía sacudir la envoltura y surgir pálido, barbudo, ensangrentado y horrible. Todos podían ignorarlo; podía no alzarse en la comarca una voz para condenar a Garroso; nadie le señalaría con el dedo, porque nadie sabía el infame origen de sus rentas...; pero bien lo sabía "Aquel", el del costado herido y los pies taladrados y la barba luenga, el de la cara lívida y los desmayados ojos.

Quedábale a don Gelasio el recurso de hacer hastillas y quemar la imagen... ¡Ah! No se atrevía; había mamado con la leche y llevaba en las venas el respeto y la devoción a "Nuestro Señor de las Barbas", la imagen soberana, milagrosa, en cuyo camarín ardía siempre una lámpara de oro, y cuyo altar habían desgastado los besos de la fe..., y sólo de recordar que allí, en su cueva, reposaba el largo cuerpo desprendido de la cruz y rebujado en la sábana, parecido a un verdadero cadáver humano se estremecía de angustia, de espanto y momentánea contrición. No se sentía capaz ni de desenvolver el paño por miedo de ver crecidas las barbas de Cristo, y de encontrar sus ojos bañados en lágrimas. Y al mismo tiempo, tener al Cristo allí era conservar la evidencia del delito, la innegable prueba de la fechoría, y don Gelasio, en noches de insomnio, sentía pesar sobre su corazón el cuerpo inerte de Cristo, y en medio de las tinieblas creía palpar a su lado unos brazos angulosos y recios, y sentir el roce sedoso de unas barbas finas, espesas, como cabellera de mujer. Por eso, últimamente, se había propuesto no bajar a la cueva, donde quedaban todavía rastros del botín, algunas joyas de las más conocidas, que podían delatarle. "Nuestro Señor de las Barbas me ha de castigar", pensaba, inundado en frío sudor. En efecto, llegó la hora del castigo.

Nada tan peligroso como la fama de rico en la aldea. Al tomar cuerpo la leyenda de que don Gelasio poseía un tesoro, los ladrones de la comarca abrieron tanto ojo y meditaron un golpe. Organizóse una gavilla para asaltar al ricachón solitario. En la noche más cruda del invierno penetraron, enmascarados, en su vivienda; le ataron y con amenazas y, por último, refinados tormentos, hechándole aceite hirviendo en la planta de los pies y sobre el vientre desnudo, le obligaron a que revelase el escondrijo.

Como ya no quedaba sino lo encerrado en la cueva, al hincarle lancetas de cañas entre las uñas, resolvióse don Gelasio, moribundo de dolor, a guiar allí a los ladrones. Distinguíase en un rincón la forma de Cristo encubierto por el sudario, y Garroso, trémulo de espanto y desesperación, presenció como los bandidos rasgaban el paño polvoriento y descubrían la sagrada efigie -cuyas barbas le parecieron desmesuradas, formidables-. Los chasqueados fascinerosos dieron una patada al Cristo, y, blasfemando, exigieron el oro y las joyas. Entonces Garroso, en vez de señalar al rincón donde había soterrado lo que aún poseía del tesoro, arrojóse sobre la ultrajada imagen, besándola con delirante arrepentimiento. Y los ladrones, que temían ser sorprendidos porque los perros ladraban, apoyaron en la sien de Garroso el cañón de una carabina, dispararon..., y el cadáver del criminal, perdonado sin duda ya por la justicia celeste, rodó al lado de la efigie, bañándola en sangre.

- I -

-De niña -me dijo la anciana señora- era yo muy poquita cosa, muy delicada, delgada, tan paliducha y tan consumida, que daba pena mirarme. Como esas plantas que vegetan ahiladas y raquíticas, faltas de sol o de aire, o de las dos cosas a la vez, me consumía en la húmeda atmósfera de Compostela, sin que sirviese para mejorar mi estado las recetas y potingues de los dos o tres facultativos que visitaban nuestra casa por amistad y costumbre, más que por ejercicio de la profesión. Era uno de ellos, ya ve usted si soy vieja, nada menos que el famosísimo Lazcano, de reputación europea, en opinión de sus conciudadanos los santiagueses; cirujano ilustre, de quien se contaba, entre otras rarezas, que sabía resolver los alumbramientos difíciles con un puntapié en los riñones, que se hizo más célebre todavía que por estas cosas por haber persistido en el uso de la coleta, cuando ya no la gastaba alma viviente.

Aquel buen señor me había tomado cierto cariño, como de abuelo; decía que yo era muy lista, y que hasta sería bonita cuando me robusteciese y echase -son sus palabras- "la morriña fuera"; me pronosticaba larga vida y, magnífica salud; a los afanosos interrogatorios de mamá respecto a mis males, respondía con un temblorcillo de cabeza y un capitotazo a los polvos de rapé detenidos en la chorrera rizada:

-No hay que apurarse. La naturaleza que trabaja, señora.

¡Ay si trabajaba! Trabajaba furiosamente la maldita. Lloreras, pasión de ánimo, ataques de nervios (entonces aún no se llamaban así), jaquecas atarazadoras, y, por último, un desgano tan completo, que no podía atravesar bocado, y me quedaba como un hilo, postrada de puro débil, primero resistiéndome a jugar con las niñas de mi edad; luego a salir; luego, a moverme hasta dentro de casa, y, por último, a levantarme de la cama, donde ya me sujetaba la tenaz calentura. Frisaría yo en los doce años.

Mi madre, al cabo, se alarmó seriamente. La cosa iba de veras; tan de veras, que dos médicos -ninguno de ellos era el de la coleta-, después de examinarme con atención, arrugaban la frente, fruncían la boca y celebraban misteriosa conferencia, de la cual, lo supe mucho después, salía yo en toda regla desahuciada. Oíanse, en la salita contigua a mi alcoba, el hipo y los sollozos de mamá, la aflicción de mi hermana mayor, y los cuchicheos del servicio, las entradas y salidas de amigos aficiosos, todo lo que entreoye desde la cama un enfermo grave; y a poco me resonaban en el cerebro las conocidas pisadas de Lazcano, que medía el paso igual que un recluta, y entraba mandando, en tono gruñón, que se abriesen las ventanas y no estuviese la chiquilla "a oscuras como en un duelo". Habiéndome tomado el pulso, mandaba sacar la lengua, apoyado la palma en la frente para graduar el calor y preguntando a mi enfermera ciertos detalles y síntomas, el viejo sonrió, se encogió de hombros, y dijo, amenazándome con la mano derecha:

-Lo que necesita la rapaza es una docena de azotes..., y aldea, y leche de vaca..., y se acabó.

-¡Aldea en el mes de enero! -clamó, espantada, mi hermana-. ¡Jesús, en tiempo de lobos!

-Pregúntele usted a los árboles si en invierno se encierran en las casa para volver al campo en primavera. Pues madamiselita, fuera el alma, árboles somos. Aldea, aldea, y no me repliquen.

A pesar de la resistencia de mi hermanita (que tenía en Santiago sus galancetes y por eso se horrorizaba tanto de los lobos), mamá se agarró a la esperanza que le daba Lazcano, y resolvió la jornada inmediatamente. Por casualidad, nuestras rentitas de la montaña andaban a tres menos cuartillo; el mayordomo, prevalido de que éramos mujeres, y seguro de que no aportaríamos nunca por lugar tan salvaje, hacía de nuestro modesto patrimonio mangas y capirotes, enviándonos cada año más mermado su producto. El viaje, al mismo tiempo que salud, podía rendir utilidad.

El día señalado me bajaron hasta el portal en una silla; vi enganchado ya el coche de colleras que nos llevaría donde alcanzase el camino real; allí nos aguardarían mayordomo y caseros con cabalgaduras, para internarnos en la montaña. Yo iba medio muerta. Dormité las primeras horas, y apenas entreabrí los ojos al oír las exclamaciones de terror que arrancó a mi hermana y a mi madre la cabeza de un faccioso, clavada en alto poste a orillas de la carretera. Cuando encontramos a nuestros montañeses, faltaban dos horas para el anochecer, que en aquella estación del año es a las cinco de la tarde; y los aldeanos, no sé si por inocentada o por malicia, porfiaron en que nos diésemos toda la prisa posible a descargar el equipaje y montar, porque se echaba encima la noche, la casa estaba lejos y andaban a bandada por el monte los lobos y a docenas los salteadores. Mi hermana y, mi madre, casi llorando de miedo, se encaramaron como Dios les dio a entender sobre el aparejo de los jacos. A mí me envolvieron en una manta, y robusto mocetón que montaba una mula berruña mansa y oronda, me colocó delante, como un fardo. En tal disposición emprendimos la caminata.

Por supuesto que no divisamos ni la sombra de un ladrón, ni el hocico de un lobo. En cambio, las pobres señoras pensaron cien veces apearse por el rabo o las orejas, según caían las cuestas arriba o abajo de la endiablada trocha. Y al verse, por último, en la cocina del viejo caserón, frente al humeante fuego de queiroas y rama de roble casi verde, oyendo hervir en la panza del pote el caldo de berzas con harina, les pareció que estaban en la gloria, en el cielo mismo.

Yo no les quiero decir a ustedes las privaciones que allí pasamos. La casa solariega de los Aldeiros, mis antepasados, encontrábase en tal estado de vetustez, que por las rendijas del techo entraban los pájaros y veíamos amanecer perfectamente. Vidrios, ni uno para señal. El piso cimbreaba, y los tablones bailaban la polca. El frío era tan crudo, que sólo podíamos vivir arrimadas a la piedra del lar, acurrucadas en los bancos de ennegrecido roble, y extendiendo las amoratadas manos hacia la llama viva. Ahora, que tengo años y que he visto tantas cosas en el mundo, comprendo que a aquel cuadro de la cocina montañesa no le faltaba su gracia, y que un pintor o poeta sabría sacar partido de él.

Las paredes estaban como barnizadas por el humo, y sobre su fondo se destacaban bien las cacerolas y calderos, y el vidriado del grosero barro en que comíamos. La artesa, bruñida a fuerza de haberse amasado encima el pan de brona, llevaba siempre carga de espigas de maíz mezcladas con habas, cuencos de leche, cedazos y harneros. Más allá la herrada del agua, y, colgada de la pared, la escopeta del mayordomo, gran cazador de perdices. Bajo la profunda campana de la chimenea se apiñaban los bancos, y allí, unidos, pero no confundidos, nos agrupábamos, amos y servidores.

Por respeto nos habían cedido el banco menos paticojo, estrecho y vetusto, colocado en el puesto de honor, o sea contra el fondo de la chimenea, al abrigo del viento y donde mejor calentaba el rescoldo; por lo cual, el mastín y el gato, amigos a pesar del refrán, se enroscaban y apelotonaban a nuestros pies.

Formando ángulo con el nuestro, había otro largo banco, destinado a la mayordoma, su madre, su hijo mayor (el que me había traído a mí al arzón de su montura), el gañán, la criada, y algún vecino que acudiese a parrafear de noche. Por el suelo rodaban varios chiquillos, excepto el de pecho, que la mayordoma tenía siempre en brazos. Y hundido en viejísimo sillón frailero, de vaqueta, el mayordomo, el cabeza de familia, permanecía silencioso, entretenido en picar con la uña un cigarro o limpiar y bruñir por centésima vez el cañón de la escopeta, su inseparable amiga.

Yo seguía estropeada, sin comer apenas, sin poder andar, temblando de frío y de fiebre; pero antes me matarían que renunciar a la tertulia. Mi imaginación de niña se recreaba con aquél espectáculo más que se recrearía en bailes o saraos de la corte. Allí era yo alguien, un personaje, y el centro de todas las atenciones Y el asunto de todos los diálogos.

Un granuja campesino me traía el pajarillo muerto por la mañana en el soto; otro asaba en la brasa castañas para obsequiarme; la mayordoma sacaba del seno el huevo de gallina, recién puesto, y me lo ofrecía; los más pequeños me brindaban tortas de maíz acabadas de salir del horno, o me enseñaban una lagartija aterida, que, al calorcillo de la llama, recobraba toda su viveza. ¡Ay! ¡Cuánto sentía yo no tener vigor, fuerzas ni ánimo para corretear con aquellos salvajitos por las heredades sobre la tierra endurecida por la escarcha! ¡Quién pudiera echar del cuerpo el mal y volverse niño aldeano, fuerte, recio y juguetón!

Después de los chiquillos, lo que más fijó mi atención fue la madre de la mayordoma. Era una vieja que podía servir de modelo a un escultor por la energía de sus facciones, al parecer cortadas en granito. El diseño de su fisonomía le prestaba parecido con un águila, y la fijeza pavorosa de sus muertos ojos (hacía muchos años que se había quedado ciega) contribuía a la solemnidad y majestad de su figura, y a que cuanto salía de sus labios adquiriese en mi fantasía exaltada por la enfermedad doble realce.

Tenía la ciega ese instinto maravilloso que parece desarrollarse en los demás sentidos cuando falta el de la vista: sin lazarillo, derecha, y casi sin palpar con las manos, iba y venía por toda la casa, huerta y tierras; distinguía a los terneros y bueyes por el mugido, y a las personas cree que por el olor. De noche, en la tertulia de la cocina, hablaba poco, y siempre con gravedad y tono semiprofético. Si guardaba silencio, no estaban nunca ociosas sus manos: hilaba lentamente, y en torno de ella el huso de boj, como un péndulo oscilaba en el aire.

Mire usted si ha pasado tiempo..., y me acuerdo todavía de bastantes frases sentenciosas de aquella vieja. El eco de su voz cuando guiaba el Rosario no se me olvidará mientras viva. Nunca he oído rezar así, con aquel tono -el de quien ruega que le perdonen la vida o le den algo que ha de menester para no morirse. Justamente el Rosario, como usted sabe, acostumbra rezarse medio durmiendo, de carrerilla; pero la ciega, al pronunciar las oraciones, revelaba un alma y un fuego, que hacían llenarse de lágrimas los ojos. Al concluir el Rosario y empezar la retahíla de padrenuestros, me cogía de la mano, desplegando sobrehumana fuerza, me obligaba, venciendo mi extenuación y debilidad, a arrodillarme a su lado, y con acento de súplica ardentísima, casi colérica, exclamaba:

-A Jesucristo nuestro Señor y a la santa de Karnar, para que se dine de sanar luego a la señoritiña. Padre nuestro...

Hoy no sé si me río... Afirmo a usted que entonces, lejos de reír, sentía un respeto hondo, una pueril exaltación y creía a pies juntillas que iba a mejorar por la virtud de aquella plegaria.

Una noche se le ocurrió a mi hermana, por distraer el aburrimiento, ponerse a charlar largo y tendido con la ciega o, mejor dicho, sacarle con cuchara la conversación, pues de su laconismo no podía esperarse más. Hablaron de cosas sobrenaturales y de milagros. Y entre varias preguntas relativas a trasnos, brujas, almas del otro mundo y huestes o compaña, salió también la que sigue:

-Señora María, ¿qué Santa es esa de Karnar a quien usted reza al concluir el Rosario? ¿Es alguna imagen? Porque Karnar creo que dista poco de aquí, y tendrá su iglesia, con sus efigies.

-Imagen... la parece -respondió la ciega en tono enfático.

-Pero ¿qué es, en realidad? Sepamos.

-Es imagen, sólo que de carne, dispensando sus mercedes, y si la señoritiña quiere sanar, vaya allí. La salud la da Dios del cielo. Sin Dios del cielo, los médicos son...

Y para recalcar la frase no concluida, la ciega se volvió y escupió en el suelo despreciativamente.

Mal satisfecha la curiosidad de mí hermana con tan incompleta explicación y viendo que a la vieja no se le arrancaba otra palabra acerca del asunto, nos dirigimos a la mayordoma, obteniendo cuantos pormenores deseábamos.

Averiguamos que Karnar es una feligresía en el corazón de la montaña, cuatro leguas distante de nuestra casa de Aldeiro. Después me han dicho algunos amigos ilustrados que es notable el nombre de esa aldeíta, y, como todos los que principian en "Karn", de puro origen céltico. Allí, pero no en la iglesia, sino en su choza, no en el cielo y en los altares, sino viva y respirando es donde estaba la "Santa", única que, según la ciega, podía realizar mi curación.

-¿Y por qué llaman ustedes santa a esa mujer? -preguntó mi madre con el secreto afán del que entreví una esperanza por remota y absurda que sea.

-¡Ay señora mi ama!-protestó la mayordoma escandalizada, como quien oye una herejía de marca mayor-. ¿Y no ha de ser santa? Más santa no la tiene Dios en la gloria. Mire si será santa, que su cuerpo es ya como el de los ángeles del cielo. Verá qué pasmo. Ni prueba comida ni bebida. En quince años no ha entrado en ella más que la divina Hostia de Nuestro Señor, todas las semanas. Y poner ella las manos en una persona, y aunque se esté muriendo levantarse y echar a correr..., eso lo veremos cada día, así Dios me salve.

-¿Ustedes vieron curar a alguien? -insistió mamá.

-Sí, señora mi ama, vimos..., ¡alabado el Sacramento!... Por San Juan, ha de saber que la vaca roja senos puso a morir..., hinchada, hinchada como un pellejo, de una cosa mala que comió en el pasto, que sería una "salamántiga", o no sé qué bicho venenoso... Y como teníamos el cabo del cirio que de encendiéramos a la santa, catá que lo encendimos otra vez... y encenderlo y empezar la Roja a desinflar y a soltar la malicia, y a beber y a pastar como denantes...

Mi hermana se desternilló de risa con la curación de la Roja. Pero de allí a dos días yo tuve un síncope tan prolongado, que mi madre, viéndome yerta y sin respiración, me contó difunta.

Y cuando volví del accidente, cubriéndome de caricias y de lágrimas, me susurró al oído:

-No digas nada a tu hermana. Silencio. Mañana te llevo a la santa de Karnar.

Fue preciso hacer uso de iguales medios de locomoción que al venir de Compostela. Empericotada sobre el albardón del jamelgo mi madre; yo, llevada al arzón por el hijo del mayordomo, y dándonos escolta, armada de hoces, bisarmas, palos y escopetas, nuestra mesnada de caseros. Cuando íbamos saliendo ya de los términos de la aldea, internándonos en una trocha que faldeaba el riachuelo y se dirigía al desfiladero o garganta por donde empezaba la subida a los castros de Karnar, vimos alzarse ante nosotros enhiesta y majestuosa figura: la ciega.

Fue inmenso nuestro asombro al oír que quería acompañarnos, recorriendo a pie las cuatro leguas de distancia. De nada sirvió advertirle que iba a cansarse, que el camino era un despeñadero, que habría nieve y que ella en Karnar no nos valdría para maldita la cosa. No hubo razón que la disuadiera. Su respuesta fue invariable:

-Quiero "ver" el milagro, señoritiña. ¡Quiero "ver" el milagro!

Acostumbrado sin duda el mayordomo a la tenacidad de la suegra, me miró y se encogió de hombros, como diciendo: "Si se empeña, no hay más que dejarla hacer lo que se le antoje." Y colocándola entre dos mozos, a fin de que la guiasen con la voz o las manos, se puso en marcha la comitiva.

Iba yo tan mala, que, a la verdad, no puedo recordar con exactitud los altibajos del camino. Muy áspero y escabroso recuerdo que me pareció. Sé que recorrimos tristes y desiertas gándaras, que subimos por montes escuetos y casi verticales, que nos emboscamos en una selva de robles, que pisamos nieve fangosa, que hasta vadeamos un río, y que, por último, encontramos un valle relativamente ameno, donde docena y media de casuchas se apiñaban al pie de humilde iglesia. Cuando llegamos iba anocheciendo. Mi madre había tenido la precaución de llevar provisiones, pues allí no había que pensar en mesón ni en posada. Por favor rogamos al párroco que nos permitiese recogernos a la rectoral, y el cura, acostumbrado sin duda a las visitas que le atraía la santa, nos recibió cortésmente, sin el menor encogimiento, ofreciéndonos dos camas buenas y limpias, y paja fresca para sustento de caballería y lecho de hombres. A la santa la veríamos al día siguiente por la mañana. Tal fue el consejo del párroco, que añadió sonriendo:

-Yo les daré cirios, señoras. La santa es una buena mujer. Y no come; vive de la Hostia. Eso me consta. No es pequeño asombro. Ya iremos allá. Antes oirán la misita... ¿No? Bien, bien; por oír misa y dar cebada no se pierde jornada. Ahora reposen, que vendrán molidas.

Al recogernos a nuestro dormitorio, al abrigarme mi madre y someterme las sábanas bajo el colchón, recuerdo que me dijo secreteando:

-¿Ves? Esta media onza..., para dársela mañana al cura por una misa. No hay otro medio de pagar el hospedaje... Y tú comulgarás en ella, y te confesarás..., a ver si la Virgen quiere que sanes, paloma.

No sé lo que sintió mi espíritu a la idea de contarle mis pecados a aquel curilla joven, mofletudo, obsequioso y jovial. Lo cierto es que me sublevé, y dije con impensada energía:

-Yo no me confieso aquí, mamá. Yo no me confieso aquí. En Santiago, con el señor penitenciario..., ¡cómo siempre!... ¡Por Dios! Quiero ver a la santa, pero no confesarme. Notando mi madre que casi lloraba, y temiendo que me hiciese daño, me calmó diciendo en tono conciliador:

-Calla, niña; no te apures... Pues no, no te confesarás. Me confesaré yo en lugar tuyo... Pero mejor sería que te confesases. Porque si Dios ha de hacer algo por ti...

-No, no; confesarme no quiero.

Y al pronunciar con enojo infantil estas palabras, la ciega, que acurrucada en un rincón descansaba de la caminata fatigosa, se levantó de repente y, como iluminada por inspiración súbita, vino recta hacia mi madre, le puso en los hombros sus descarnadas y duras manos, y dijo con acento terrible:

-¡El cura no! ¡Señora mi ama...; deje solos a la santa y a Dios del cielo! ¡La santa..., y nada más!

Indudablemente, este pequeño episodio determinó a aquella mujer entusiasta a la extraña acción que realizó, apenas nos dormimos rendidas de cansancio. Debió de figurarse que la intervención del cura quitaba a la santa todo su mérito y su virtud. Esto lo discurro yo ahora, y creo que la ciega, allá en su religiosidad rara y de persona ignorante, se sublevaba contra la idea de que hubiese intermediarios entre el alma y Dios. Si no, ¿cómo se explica su atrevimiento?

Al calor de las mantas dormía yo sueño completo y profundo, y no desperté de él hasta que sentí una impresión glacial, cual si me azotase la cara el aire libre, el cierzo montañés. Hasta me pareció que me salpicaba la lluvia, y al mismo tiempo noté que una fuerza desconocida me empujaba, llevándome muy aprisa por un camino negro como boca de lobo. Fue tan aguda la sensación y me entró tal miedo, que me agité y grité. Y entonces oí una voz cavernosa, la voz de la ciega, que decía suplicante:

-Señoritiña, calle, que vamos junto a la santa. Calle, que es para sanar.

Enmudecí, sobrecogida, no sé si de terror, si de gozo. La persona que me llevaba en brazos andaba aprisa, tropezando algunas veces, otras deteniéndose, sin duda a fin de orientarse. De pronto oí que su mano golpeaba una puerta de madera, y su voz se elevaba diciendo con furia: "Abride." Abrieron, relativamente pronto, y divisé una habitación, o, mejor dicho, una especie de camaranchón pobre, iluminado por una vela de cera puesta en alto candelero. Yo, en aquel instante, nada comprendía: estaba como quien ve una aparición portentosa, y no se da cuenta ni de lo que siente ni de lo que aguarda. Tenía ante mis ojos a la santa de Karnar.

En una cama humilde, pero muy superior a los toscos "leitos" de los aldeanos, sobre el fondo de dos almohadas de blanco lienzo, vi una cabeza, un rostro humano, que no puedo describir sino repitiendo una frase de la ciega, y diciendo que era "una imagen de carne". El semblante, amarillento como el marfil, adherido a los huesos, inmóvil, expresaba una especie de éxtasis. Los ojos miraban hacia adentro, como miran los de las esculturas de San Bruno; los labios se estremecían débilmente, cual si la santa rezase; las manos, cruzadas y enclavijadas, confirmaban la hipótesis de perpetua oración. No se adivinaba la edad de la santa: por la transparente diafanidad de la piel, ni parecía niña ni vieja, sino una visión, en toda la fuerza de la palabra: una visión del mundo sobrenatural. Considérese lo que yo sentiría y el religioso espanto con que mis ojos se clavaron en aquella criatura asombrosa, transportada ya a la gloria de los bienaventurados.

Un aldeano y una aldeana de edad madura que velaban junto al lecho, me alargaron entonces silenciosamente un cirio que acababan de encender. Los tomé con igual silencio, y la aldeana, acercándose al lecho y persignandose, alzó la ropa, entreabrió unos paños, y mis horrorizadas pupilas contemplaron el cuerpo de la mujer que sólo se alimentaba con la Hostia...

¡He dicho cuerpo! ¡Esqueleto debí decir! La Muerte que pintan en los cuadros místicos tiene esos mismos brazos, de huesos sólo; ese esternón en que se cuenta perfectamente el costillaje, esos muslos donde se pronuncia la caña del fémur... Sobre el armazón de las costillas de la santa no se elevaban las dos suaves colinas que blasonan a la mujer delatando la más dulce función del sexo, y, en lugar de la redondez del vientre, vi una depresión honda, aterradora, cubierta por una especie de película, que, a mi parecer, dejaba transparentar la luz del cirio...

Pues con todo eso, la santa de Karnar no me asustaba. Al contrario: me infundía el deseo que despiertan en las almas infiltradas de fe las carcomidas reliquias de los mártires. Alrededor de la osamenta descarnada y negruzca, me parecía a mí que divisaba un nimbo, una luz, algo como esa atmósfera en que pintan a las Concepciones de Murillo...

No lo atribuya usted ni a romanticismo ni a cosa que se le parezca. Es una verdad, porque hoy veo lo mismo que vi entonces, y comprendo que la santa de Karnar..., "estaba hermosa". Lo repito, muy hermosa... hasta infundir un deseo loco, ardentísimo, de "besarla", de dejarlos labios adheridos a su pobre cuerpo desecado, donde solo entraba la Eucaristía...

Yo me encontraba tan débil como he dicho a usted. Yo me sentía desfallecer momentos antes. Yo no servía para nada. Pues de repente (no crea usted que fue ilusión, que fue desvarío...), de repente siento en mí un vigor, una fuerza, un impulso, un resorte que me alzaba del suelo. Y llena de viveza y de júbilo me incorporo, cruzo las manos, alzo los ojos al cielo, y voy derecha a la santa, sobre cuya frente, de reseco marfil, clavo con avidez la boca... La de la santa se entreabre, murmurando unas sílabas articuladas, que, según averigüé después, debían de significar: "Dios te salve, María." Pero, ¡bah!, yo juraré siempre que aquello era: "Dios te sane, hija mía." Y me entra un arrebuto de felicidad, y siento que allá dentro se arregla no sé qué descomposición de mi organismo, que la vida vuelve a mí con ímpetu, como torrente al cual quitan el dique, y empiezo a bailar y a brincar gritando:

-¡Mamá, mamá! ¡Gracias a Dios! ¡Ya estoy buena, buena!

Quien se puso furioso fue Lazcano, el de la coleta, cuando rebosando alegría le enteramos del suceso.

-Pudo matarte esa vieja loca y fanática, hija mía. Fue una imprudencia bestial. Conforme te sentó bien, si te da por reventar, revientas. Claro, una sacudida así... ¡Mire usted que la santa! De esa santa ya le han hablado al arzobispo y teme que sea alguna embaucadora, y va a mandar a Kanar dos médicos y dos teólogos, personas doctas y prudentes, que la observen y noten si es cierto lo del comer... ¡Sin verla sé yo el intríngulis del portento! Esa mujer trabajaba, cocía pan en el horno; salió un día sudando, quedó baldada, y se ha ido consumiendo así... En caso raro, pero no sobrenatural. Si le pudiese hacer la autopsia, ya le encontraría en el estómago algo más que la Hostia... ¡Vaya! Su poco de brona ha de haber... Pero líbreme Dios de meterme en camisa de once varas, que al padre Feijoo costóle grandes desazones el desenmascarar dos o tres supuestos milagros...

-Señor de Lazcano -interrumpió mi madre-: pero la niña, ¿está mejor o no lo está?

-Lo está, ya se ve que lo está. ¡Linda pregunta! ¡Qué madamita esta! La niña ha pasado de sus trece..., y yo me quedo en los míos.

Queriendo ver de cerca una escena triste, fui a bordo del vapor francés, donde se hacinaban los emigrantes, dispuestos a abandonar la región gallega. La tarde era apacible; apenas corría un soplo de viento, y el cielo y el mar presentaban el mismo color de estaño derretido; el agua se rizaba en olitas pesadas y cortas, que parecían esculpidas en metal. Desde el costado del vapor nos volvimos y admiramos la concha, el primoroso semicírculo de la bahía marinedina, el caserío blanco y las mil galerías de cristales, que le prestan original aspecto.

Trepamos por la escalerilla colgante a babor, y al sentar el pie en el puente, no obstante la pureza del aire salitroso, nos sentimos sofocados por el vaho de la gente, ya aglomerada allí. Poco avezados a moverse en espacio tan reducido, hechos a la libertad campestre, los labriegos se empujaban, y había codazos, resoplidos y patadas impacientes. Las familias de los emigrantes no acababan de resolverse a marchar, y el marino francés encargado de recoger el inevitable papelito amarillo se impacientaba y gruñía: Cette idée de venir ici faire ses adieux! On s'embrasse sur le quai, et puis c'est fini. El navegante, curtido por innumerables travesías, no comprendía a los que lloriqueaban. ¡Un viaje a América! ¡Valiente cosa!

Nos entretuvimos un rato en observar las variadas fisonomías de los emigrantes. Había rostros cerrados y bestiales de mozos campesinos, y caras expresivas, como de santos en éxtasis, alumbradas por grandes pupilas meditabundas. Las muchachas, con los ojos bajos y el continente modesto peculiar de las gallegas, parecían el botín de la guerra de un corsario. Entre los recién embarcados podían distinguirse los pasajeros ya recogidos en San Sebastián, y se veían mujeres guipuzcoanas desgreñadas, hoscas, pálidas de mareo con la marca de su raza: el duro diseño de las facciones.

En medio de aquella abatida grey, de aquellas figuras que sólo perdían el carácter bajo y plebeyo para adoptar expresión resignada y mística, me llamó la atención un aldeano viejo, exclusivamente consagrado a cuidar del transporte de su equipaje, reducido a un lío metido en un trapo de algodón y un arcón roído de polilla.

Contaría el viejo lo menos setenta años, y de su sombrero de fieltro, atado con un pañuelo para que no volase, se escapaba una rueda de argentados mechones que hacían resaltar el tono cobrizo de la tez. Vestía el traje del país, los blancos calzones de lienzo llamados "cirolas", la faja oscura y el "chaleque" con triángulo en la espalda. La cara denotaba gran astucia, y las pestañas blanquecinas daban singulares reflejos a los ojos azules, penetrantes y cautelosos. Iba solo; nadie le auxiliaba en su faena, y aunque nada deba sorprender, me sorprendía que tan próxima a la hora de la muerte emprendiese aquel hombre largo viaje y se arrojase a un cambio total de vida y costumbres. ¿Qué haría en el Nuevo Mundo?¿Qué confusión no serían para él los usos, los trajes, el habla, el ambiente, tan diverso del respirado hasta entonces? ¿A qué usos iba a aplicar su vetusta máquina, y qué buscaba en el país americano, si no era el cementerio?

Mientras yo devanaba estas reflexiones, el viejo seguía preocupado de desenredar su equipaje, entre el bullicio y el hervidero de la gente. No interrumpían su faena el cabestrante y la grúa, y esta parecía inmenso brazo que desde el vapor arramblase con cuanto había en tierra; la mano de gigantesco pirata barriendo el puerto de Marineda y trayendo arcas, sacos, baúles, muebles -sirviendo de tendones al brazo los fuertes cables-, para llevárselo todo a otra tierra más clemente con el hombre. Inclinado el viejo sobre la borda, seguía, palpitante de inquietud, los movimientos de la grúa, portadora del equipaje. Al fin se dilató su rostro y chispearon sus pupilas: balanceábase en el aire y descendía pausadamente el arca. ¡Cuánto conocía yo ese mueble familiar de nuestros aldeanos, donde guardan lo que más estiman! Allí se encierran, entre espliego, "lesta" y olorosas manzanas, el "dengue" majo, la randada camisa de lino, el "paño" de seda y los brincos de filigrana de plata, galas que sólo salen a relucir el día de fiesta del patrón; allí, en el pico, se esconden, dentro de una media de lana, los ahorros que tantas privaciones presentan, desde el amarillo centén hasta el roñoso ochavo "de la fortuna".

El arca del viejo era de las mayores, pero también de las mas mugrientas y desvencijadas: traía remiendos de madera nueva y zunchos de hierro torpemente aplicados. Cuando vino a caer bruscamente sobre la cubierta, el viejo tendió las manos nudosas y se precipitó a parar el golpe; pero le empujó el tropel y dio de bruces contra un baúl de cuero, jurando enérgicamente. Al erguirse, su primer pensamiento fue para el arca. La estaban arrinconando, sepultándola bajo mundos de hojalata y líos de jergones -pues, como es sabido que en Montevideo no se da cama a los sirvientes, los emigrantes se llevan la suya-. Al ver que desaparecía el arca, el viejo blasfemó otra vez, y, apartando jergones, se lanzó a sacarla de entre tanta balumba. Los dueños corrieron a defender su propiedad; hizo resistencia el viejo, y se trabó una disputa que iba a convertirse quizá en batalla. Intervino el sobrecargo, que hablaba español, y, tratando de idiota al viejo, le preguntó qué carabina le importaba

que el arca estuviese encima o debajo, pues siendo pesada y voluminosa, tenía que acomodarse de manera que no estropease los baúles. El viejo balbucía: un temblor extraño agitaba su cabeza, y la mirada escrutadora del francés se clavaba en él como la hoja de un cuchillo. "A sacar fuera ese condenado arcón", ordenó a los marineros; y aunque el viejo intentaba cubrir con su cuerpo el mueble, el sobrecargo, reparando en dos agujeros circulares que a los costados tenía, corrió a avisar al capitán. "Ouvrez", mandó éste imperiosamente; y como el viejo, barbotando protestas no quisiese entregar la llave, hicieron ademán de echar a la bahía el arca.

Palideció el aldeano bajo la pátina que el sol había depositado en su rugoso cutis; dos lágrimas corrieron por sus mejillas, y, volviendo la cara, alargó la llave. Abierta el arca misteriosas, un grito se alzó del corro formado alrededor: dentro venía un muchacho como de quince anos, medio asfixiado ya... Era lo que se llama en la jerga del puerto un "polizón", un pasajero que se cuela a bordo sin pagar billete... Entonces comprendí no sólo la desesperación mímica del viejo y sus afanes porque el arca no quedase debajo de los baúles, sino cómo se atrevía a cruzar los mares, estando al borde del sepulcro. No iba solo; se llevaba la esperanza simbolizada en la juventud, ¡y qué esperanza! ¡Así que anocheciese y el barco se hiciese a la mar, el abuelo abriría la puerta de la jaula y el nieto saldría gozoso, seguro ya!...

Entre tanto, el viejo de rodillas, arrastrándose, arrancándose las canas greñas, sollozaba amargamente. Algunos se reían y se burlaban; los más se sentían conmovidos. El capitán, accionando, encolerizado, hablaba de hacer perder al viejo el pasaje y despacharle en seguida a tierra. Mediamos para aplacarle, representándole la miseria de aquella gente, recordándole que hombre pobre todo es trazas, y que la necesidad dicta esos ardides. El viejo, sintiéndose protegido, redobló los extremos y nos contó una historia de dolor: su yerno, emigrado hacía años; su hija, muerta; el nietecillo, sobre sus cansadas espaldas; la cosecha, perdida; la vaca, vendida por no haber hierba que darle; la contribución, doblada; el fisco, sin entrañas; el Cielo, sordo a las oraciones...

¿Qué haríais si escuchaseis estas lástimas? Hubo cuestación, y el capitán se conformó con bastante menos del precio del billete, porque tampoco el capitán era ningún tigre.

Y abandonamos el barco, próximo ya a emprender su rumbo hacia otro hemisferio. Había anochecido, y la concha de la bahía ostentaba un esplendente collar de luces, en el centro del cual destellaba como enorme rubí el rojo farol del Espolón. Del vapor salían las notas frescas del zortzico donostiarra; los gallegos, viendo desaparecer entre las sombras las amadas costas de su tierra, no tenían valor ni para entonar uno de sus cantos prolongados y melancólicos.

LAS SETAS

La jardinera, al pasar arremolinando una nube de polvo, justificaba su nombre: hacía el efecto de enorme ramillete. Los trajes borrosos de los hombres desaparecían bajo los de percal rosa, azul y granate de las mujeres, y las pamelas de paja y las amplias sombrillas eran otros tantos cálices de gigantesca flor, abiertos sobre el verde gayo y frescachón del campo galaico.

Bajáronse los expedicionarios al pie del castañar, que les ofrecía para su merienda regalada sombra. Destaparon el cesto y, acomodándose sobre la hierba mullida, despacharon, entre alborozo, agudezas y carcajadas, el jamón fiambre y las rosquillas que regaron con champaña. Después corretearon por el bosque, jugando a esconderse. Eran siete, tres matrimonios y un muchacho soltero, gente distinguida de la corte, que veraneaban en el puertecillo de la costa cantábrica, y se sentía embriagada por el aire puro, los sanos alimentos y la, para ellos, desconocida belleza del país. Mientras el soltero Manolo Chaveta se ocultaba detrás del matorral, y las señoras, Clara, Lucía y Estrella, se dedicaban a buscarle entre el ramaje de los castaños nuevos, los tres maridos, Juan, Antonio y Perico, se entretenían en coger setas que Antonio declaraba comestibles.

-Las freiremos con tocino -exclamó-, y veréis qué bocado delicioso.

Al ponerse el sol tenían dos pañuelos henchidos de setas morenas, leves como el corcho, olientes a almendra amarga.

Cuando, habiendo regresado al pueblecillo, ordenaron a la dueña de la fonda que friese sin tardanza las setas cosechadas en el bosque, la buena mujer se negó. ¡Madre mía del Corpiño! ¡Freír ella porquería semejante, una cosa de veneno, habiendo en el mar tanto rico pescado, y en la tierra tan sabrosos huevos y tan gordas gallinas! Precisamente aquella noche les tenía ella a los señoritos una cena de rechupete: lenguados en salsa, Pollos con "chicharos" y costillas de cerdo en adobo. ¡Que tirasen al polvero esa indecencia, si no querían morir de mala muerte! Pero Manolo Chaveta, echándola, de docto, trató de ignorante a la fondista; habló de Francia, donde a la seta se la llama "champiñón", y no falta en ningún guiso, aseguro que aquella eran setas excelentes, que en el tufillo se la conocía; requirió la sartén, y juró que si no nos las freía nadie, ¡hala!, las freiría él mismo.

-Bueno -gruñó la fondista-, ya que quieren reventar..., a su gusto. Váyase, señorito, y descuide, que yo amañaré las "setiñas" con su tocino, y, se las mandaré a la mesa hecha un sol. Pero confiésense antes, por si acaso..., y avisen al escribano para hacer testamento.

A la hora de la cena, después de los tiernos pollitos, que se deshacían como merengue en su lecho de guisante, apareció, en efecto, un plato donde crujían aún las setas recién salidas de la sartén. Los expedicionarios, que ya casi ni se acordaban de ellas, las miraron con sorpresa y de reojo.

-¡En qué poco se han quedado! -exclamó Antonio, que había cosechado la mayor parte-. ¡Si apenas hay!

A pesar de esta observación y de la afición que todos habían jurado profesar a las setas, ninguna mano se tendía hacia el plato; pensaban en las palabras de la fondista, y les paralizaba involuntario temor, porque las setas, así fritas y encogidas, les parecían más siniestras que en el campo, esponjadas y leves. Pero como Lucía dirigiese a Manolo Chaveta una ojeada burlona, él se decidió, y exclamando: "¡Qué buena cara tienen!", se puso en el plato dos o tres. Antonio imitó su ejemplo, y las señoras picaron también alguna seta con el tenedor. Al principio comían con cierta repugnancia, mascando lentamente aquel manjar sospechoso; por fin, el saborcillo del tocino los animó y despabilaron -entre cuchufletas y alardes de humorismo, mofándose de las aprensiones de los indígenas, que desconocen las excelencias de los champignons- todo el contenido del plato.

La velada solían entretenerla leyendo periódicos y jugando al bezigue, y aquella noche no alteraron la costumbre; mas es fuerza declarar que las noticias no les interesaron, y el juego menos. Perico, que era de esos guasones pesados capaces de dar ictericia, amenizaba de cuando en cuando la reunión con frases de este jaez: "¿Han hecho ustedes examen de conciencia?" "¿Conocen ustedes aquí algún cura de confianza y aseadito, para eso de la extremaunción?...", hasta que su mujer, Estrella, una morena imperiosa, le soltó un furibundo rapapolvo, mandándole a la cama. A las once se retiraron todos, no sin que Clara dijese a Lucía en tono agridulce: "Te noto muy mal color", y Lucía respondiese, mordiéndose los labios: "Yo te lo notaba a ti; pero no quería decírtelo, por no asustarte."

Las doce menos cuarto serían cuando Estrella salió al pasillo despavorida y en enaguas pidiendo socorro. La primera persona con quien tropezó fue Juan, desencajado y en mangas de camisa, que amparaba con la mano la luz de un bujía ardiendo en una palmatoria. Del cuarto salían desgarradores ayes exhalados por Clara. En cinco minutos se alborotó la fonda y empezó el bureo, el trastear en la cocina, el ir y venir del servicio, las preguntas de los demás huéspedes que se despertaban:

-¿Qué pasa?

-¿Arde la casa?

-No; esos de Madrid, que se han ajumado hoy más que otras veces -decían los bañistas locales.

-¡Quiá! Si es que se han envenenado con setas; se empeñaron en comerlas, y por fuerza hubo que freírselas -explicaba el criado, descolgando del perchero la boina para correr a avisar al médico, mientras la fámula volaba a turbar el sueño del boticario.

Parecía cosa de magia: los siete expedicionarios advertían iguales síntomas, el mismo horrible cólico, el mismo frío sudor. Los matrimonios procuraban auxiliarse, mientras que el soltero, Chaveta, se retorcía solo en su angosto lecho. Cuando los dolores dejaban alguna tregua, los enfermos se increpaban.

-Yo bien dije que era una locura comer esa inmundicia.

-¡Maldito sea quien las trajo a casa! -gemía Antonio, olvidándose de que las había recogido él en persona.

Y como cuando se sufre las horas parecen interminables, y el médico tardaba y también los remedios, las tres parejas creyeron definitivamente llegado su trance postrero, y pensaron, como se piensa en el vencimiento de una letra, en que era forzoso presentarse ante el Sumo Juez. Clara, temblorosa y con los ojos extraviados, echó los brazos al cuello del moribundo Juan, y le dijo al oído no sé qué cosas, a las cuales respondió él con voz desmayada y turbia:

-Si, hija, te perdono, y ojalá nos perdone Dios.

Por su parte, Lucía, con supremo esfuerzo, se arrodilló delante de Antonio, y murmuró algo; pero su marido no la dejó terminar; antes la alzó, exclamando afligido:

-Basta, querida; todos tenemos nuestros pecados.

En cuanto a Estrella, acostumbrada a tratar a Perico militarmente, se contentó con decirle entre dos bascas:

-Tus bromas sobre Chaveta te..., tenían... fun..., fundamento. Absuélveme en seguida, que... estoy agonizando.

Y Perico, crispando la manos sobre el estómago, que se le abrasaba en viva lumbre, repondió:

-Corriente; para lo que hemos de vivir..., absuelta quedas de eso y de todo.

Al cuarto de hora llegó el médico, viejo practicón que ya había asistido en algunos caso de intoxicación por setas. Venía pertrechado de emético y de éter, de esencia de tomillo y de hipecacuana. Apenas hubo visto a los enfermos, se le despejó el rostro y hasta sonrió.

-Envenenados están -dijo-; pero no hay que asustarse, que poco veneno no mata.

-Como que tiré al cesto de la basura casi todas las malditas setas, menos unas pocas, que freí por les cumplir el antojo -respondió la fondista, respirando libremente y rebosando el legítimo orgullo de quien ha salvado, mediante un rasgo de discreción, siete vidas humanas.

Restablecidos ya, al pronto los tres matrimonios se hablaban con cierto encogimiento, fríamente, lo mismo que si tuviesen algo atravesado en la garganta. Pero Chaveta, que había quedado desmejoradísimo desde la crujía, anunció que regresaba a Madrid; y con su marcha y la satisfacción de no haberse muerto, renació la alegría entre las parejas, que de allí a poco volvieron a merendar al bosque.

Cuando doña Maura Bujía, viuda de Pez, vio incrustarse en el marco de la puerta a aquel vejete de piernas trémulas y desdentada boca, apoyado en un imponente bastón de caña de Indias con borlas y puño de oro, no pudo creer que tenía en su presencia al novio de sus juventudes, al que, por ser pobre, no se había casado con ella. Cierto que el novio, Pánfilo Trigueros, ya no era niño entonces; y ahora, mientras doña Maura llevaba divinamente sus cincuenta y nueve, activa y ágil y todavía frescachona, con el pescuezo satinado aún y los ojos vivos, don Pánfilo se rendía al peso de los setenta y cuatro, tan atropelladito, que doña Maura se precipitó a ofrecerle el sillón de gutarpercha.

-Y luego dicen que no se hacen viejos los hombres -pensó, risueña, mientras le daba mil bienvenidas-. ¡Ya sabía ella su llegada, ya! ¡Y que traía un capitalazo, montes y morenas!

-Eso sí, laus Deo -silbó y salivó don Pánfilo al través de sus despobladas encías-. No nos ha ido mal del todo... De aquí me echasteis por desnudo..., y vuelvo vestido y calzado y con gabán de pieles...

Doña Maura, abriendo el ojo a pesar suyo, cogió una silla y se acomodó cerquita del anciano. Tan rara vez entraban compradores en aquella tienda de pasamanería y cordonería, que no se perjudicaba la dueña recibiendo tertulia.

-¿Conque mucha suerte? ¿Era verdad que había depositado en la sucursal del Banco un millón de pesetas?

Como la vanidad es el más tenaz y constante de los sentimientos humanos, en las pupilas del viejo lució una vivísima chispa de satisfacción, y su rostro demacrado se coloreó. No, no había que exagerar: el millón de pesetas precisamente, no; pero, vamos, se le acercaba, se le acercaba... ¡Se le acercaba! El corazón de doña Maura palpitó como no había palpitado antaño en las pláticas amorosas ni en los idilios conyugales... ¡Cerca de un millón de pesetas, Virgen Santísima de la Guía! ¿Cómo se puede reunir tanto dinero? ¡Qué de cosas se hacen con él! ¡Qué existencia ancha, fácil, deliciosa, representaban esos cuatro millones de reales! Toda su vida había lidiado doña Maura con la escasez... Siempre prisionera en el tenducho, echando cuentas y más cuentas; siempre trabajando, para no salir de una estrechez sórdida. Apuros y más apuros: el cesto de la plaza medio vacío o lleno de porquerías, cabezas de merluza y pescado de gatos; la cuenta del panadero, encima; la del zapatero amenazando... Entornando los ojos, veía una despensa atestada de cosas buenas -doña Maura pecaba de golosa-, conservas y dulces a porrillo, aparadores repletos de loza, armarios abarrotados de sábanas y ropa blanca en hoja todavía... ¡No más zurcir medias, no más remendar trapos! Hasta fantaseó la blandura fofa de los almohadones de un coche... ¡Coche! ¡Ella arrastrada por patas ajenas! Una oleada de felicidad se esparció por todo su cuerpo... ¡Y don Pánfilo que volvía soltero, solo; que no tenía en Marineda parientes, ni acaso amigos, después de veinticinco años que faltaba de allí!... Pero, cómo atraer, cómo seducir al vejestorio? ¿Cómo asegurar tan soberana presa? ¿Ardería aún en su corazón, bajo la ceniza, una chispita del antiguo entusiasmo?... ¡Ah, si una brisa de primavera refrescase y halagase aquel yerto corazón!... Y doña Maura se atusó el pelo de las sienes, se enderezó en la silla, escondió el pie mal calzado con babuchones de orillo...

Mientras preparaba sus baterías, entró en la tienda, rápidamente, una muchacha con vestido de percal y manto de clara granadina. Al través del ligero nubarrón del moteado velo de tul, los cabellos rubios y crespos lucían como toques de oro, y el rostro redondo y sonrosado, de angelote de retablo, parecía más juvenil, más luciente, con un brillo de primavera y de mocedad...

-Ven, Saletita: aquí tienes un señor que ya le conocerás, porque te hablé de él cien veces... Es don Pánfilo Trigueros...

Y la muchacha, con risa repentina, trinada y gorjeada, exclamó, encarándose con el viejo:

-¿Es usted ese tan rico, tan riquísimo? ¡Ay! ¡Quién me diera ser usted!

La ingenuidad de la muchacha, la alegría que es contagiosa, trajeron unos asomos de buen humor, una sonrisa pálida, a la triste carátula del indiano. Doña Maura, iluminada por una idea, adelantando ya sin recelo los babuchones de orillo, empujó a Saletita, que, sin cesar de reír, tropezó con don Pánfilo.

-Déle un beso que es una chiquilla...

El viejo llegó sus labios fríos a la cara de rosa, donde depositó un beso sepulcral...

Desde aquel día vino don Pánfilo todas las tardes, a la misma hora, a sentarse en el sillón de gutapercha, en la trastienda de su antiguo amor. Y se esparció por el pueblo la voz de que iban a realizarse los planes malogrados, y no faltó quien se mofase de aquella trasnochada y ridícula boda... Doña Maura recibía bien la broma, la contestaba con chanzas de comadre que hace su santo gusto, y ofrecía dulces, y convidaba para dentro de un mes... Juzgaba oportuno despistar a los murmuradores y curiosos, que envidiaban la caza magnífica. El indiano se había tragado el anzuelo. Aquel aturdimiento, aquella franqueza graciosa de Saletita, le conquistaron de golpe. Como el hombre de gastado estómago que siente capricho por un manjar nuevo o una fruta temprana, el viejo se encandilaba y se deshacía en babas mirando a la chiquilla.

Una dificultad presentía la madre, pero dificultad tremenda. Al manifestar don Pánfilo sus honestas intenciones, ¿cómo trastear a Saletita? ¿Cómo persuadirla al sacrificio? ¿Cómo decir a aquellos diecinueve años imprevisores, cándidos, floridos, que se uniesen indisolublemente a aquellos setenta y cinco achacosos, hediondos, envueltos ya en la atmósfera de la tumba? Doña Maura no se atrevía, no. ¡Vaya una ocurrencia del vejete, ir a chalarse por la mocita! ¡Qué hombres, qué incorregibles! Cuanto más viejo, más pellejo... Esta sentencia no es aplicable sólo a los borrachos... ¿Para qué necesitaba ahora esposa el bueno de don Pánfilo? Para cuidarle, para servirle las medicinas, para dirigir su casa, para..., para heredarle, en suma..., sí, para recoger aquel fortunón, que no cayese en manos indiferentes, extrañas... ¿No sería prudente que, supuestos tales fines, eligiese una mujer formal, una persona ya práctica, seria, que sabe lo que es la vida y tiene experiencia y mundo?... ¡Ah! ¡Si don Pánfilo atendiese a su conveniencia!...

A todo esto, el tiempo corría, y era urgente sondear a Saletita, luchar con su repugnancia, convencerla... ¡Faena terrible! ¡Brega que doña Maura presentía estéril! Saletita, de fijo, nada sospechaba aún; pero cuando lo supiese pondría el grito en el cielo... Ciertamente, ella supondría que aquellos halagos bajo la barba, aquellas chocheces mimosas de don Pánfilo, eran como de padre... ¿Qué diría al enterarse de que el temblón la pretendía en casamiento? Todo el mundo embromaba a su madre con el indiano... ¡Cuando viese que el gato pelado y decrépito buscaba la rata tierna!

Por fin, una noche, después de cerrada la tienda, doña Maura, encomendándose a Dios, cogió a su hija, le hizo mil fiestas, y empezó a soltar las peligrosas insinuaciones... Callaba la muchacha, bajando la cabeza, escondiendo la mirada de sus azules pupilas, como se esconde travieso pilluelo que acaba de cometer un hurto. Y de súbito, a una exhortación más apremiante de su madre, jurando que prefería sufrir que ver sufrir a su hija, levantó la faz, soltó una carcajada de retintín plateado y claro, como el repique de argentina campanilla, y exclamó, esgrimiendo las manitas pequeñas y gordas:

-Bien, ¡ya sé que usted quería el novio para sí!... Pero ¡en eso estaba yo pensando! Desde el primer día conté con él... Si usted me lo quita, ¿Ve estas uñas? ¡Pues no le digo más!...

Mi boda se desbarató por una circunstancia insignificante, sin valor alguno sino para quien, como yo, se pasa de celoso y raya en maniático. ¿Fueron celos lo que tuve? ¡Apenas me atrevo a decir que sí! Y es porque me da vergüenza pensar que probablemente "serían celos"... en el fondo, allá en el fondo inescrutable y sombrío del alma... Para que se descifre mejor el enigma, explicaré mi manera de ser, antes de referir el mínimo incidente que dio en tierra con mi felicidad y me condenó, tal vez, a perpetua soltería.

Apasionadamente enamorado de mi novia, criatura fina e ideal como una flor blanca, y que reunía cuanto puede halagar la vanidad de un novio -alcurnia, elegancia, caudal-, aspiraba yo a ser para ella lo que ella era para mí: un sueño realizado. Si en su presencia alababa alguien los méritos de otro hombre, se me revolvía la bilis y se me ponía la boca pastosa y amarga. No habiéndome creído envidioso hasta entonces, la pasión me despertaba la envidia, que sin duda existía latente en mí, a manera de aletargada culebra. Hacíame yo este razonamiento absurdo: "Puesto que ese otro vale más que tú, tienes mayores derechos al sumo bien del cariño de María Azucena Guzmán, vizcondesa de Fraga. Para merecer tal ventura debes ser -o parecer- el más guapo, el más inteligente, el más fuerte, el primero en todo." Y desatinado por mis recelos, aplicaba un escalpelo afiladísimo a las perfecciones de mi imaginario rival; le rebuscaba los defectos, le ridiculizaba, le trataba como a enemigo...

¡Hasta llegué a la vileza de la calumnia! Pasada la crisis, celosa, caía en abatimiento inexplicable, despreciándome a mí mismo.

Con el tacto propio de la mujer que quiere de veras, María Azucena, así que comprendió mi mal, evitaba toda ocasión de agravarlo. Se dejaba aislar, rehuyendo cualquier obsequio y trato que pudiese ser motivo de disgusto para mí. Apenas notaba que un hombre me hacía sombra, ni aun le dirigía la palabra. De este modo salvábamos los escollos de mi carácter. Mi futura solía repetir: "Así que nos casemos, mudarás de condición: lo espero y lo deseo, en interés de tu dicha y tu tranquilidad."

Poco tiempo antes del día solemne, señalado para primeros de septiembre, un tío de mi novia, el rico propietario don Mateo Guzmán, nos convidó a una fiesta en su quinta. Se trataba de una "redada" o pesca de truchas en el río. La finca del señor Guzmán, que dista unas tres leguas del pueblo donde pasábamos el verano, goza merecida fama de ser la mejor de toda la provincia, por la amenidad de sus jardines, la frondosidad de sus arboledas centenarias y las muchas fuentes rumorosas que sombreaban grupos de odoríferas, magnolias y graves cedros del Líbano. Fundada desde el siglo XVIII, ostenta una vegetación antigua y noble, de aire aristocrático; pero el realce de la belleza natural se lo presta el ancho río Amega, que baña los lindes de la finca y besa los pies a sus tupidas espesuras. Se baja al río por sotos de castaños y pintorescas sendas abiertas entre robledas y pinares; y ya a orillas de la corriente se descansa, en praditos salpicados de flores y orlados de cañaveral y espadaña.

Con infinita tristeza evoco ahora este cuadro, que entonces me pareció tan encantador. Madrugamos y salimos de la ciudad en el mismo coche, bajo la égida de una hermana de María, casada ya. El camino se me hizo cortísimo. ¡Cruzar en carretera descubierta una comarca risueña y llena de poesía, a aquella hora matinal diáfana y suave, y teniendo enfrente a María Azucena, que me sonreía con ternura! Su velo de gasa dejaba entrever sus facciones al través de una nube, y la sombra del ancho pajazón oscurecía el misterio de los ojos y hacía resaltar la flor de los labios, encendida como un deseo... Por instantes, furtivamente, yo apretaba su manita calzada con guante de Suecia, y ella respondía a la presión lo mismo que si dijese: "Conforme..."

Fuimos agasajados al llegar, y antes de que el calor apretase, descendimos al río, a cuyas márgenes, a la sombra, debíamos saborear el campestre almuerzo. En un prado donde crecían mimbres y olmos, nos situamos para presenciar la redada. La trucha, que abunda en el río Amega, suele refugiarse sibaríticamente, durante la canícula, en ciertas hondonadas o pozos profundos llamados en el país frieiras, donde encuentra el agua helada casi. Tendida la red al través del río, entran en él unos cuantos gañanes alborotando el agua, desalojan a la trucha de su retiro y la obligan a correr espantada hacia la red; cuando ésta se encuentra bien cargada de pesca, sácanla a brazo sobre la hierba y la vacían; allí coletean como pedazos de plata viva los peces, que pasan sin demora a la caldera o la sartén. Tal espectáculo fue el que disfrutamos y despertó en María Azucena interés vivísimo.

Entre los gañanes que acababan de entrar en el río arremangados de brazo y pierna, uno, sobre todo, mereció que mi novia no apartase de él los ojos. Era un fornido mocetón que frisaría en los veinte años, y desplegaba vigor admirable para arrastrar la pesada red y sacarla de la corriente. Semidesnudo, como un pescador del golfo de Nápoles; bajo el sol de agosto, que prestaba tonos de terracota a sus carnes firmes y musculosas de trabajador, tenía actitudes académicas y bellas, al atirantar la cuerda y jalar briosamente de la red. Yo acaso no lo hubiese reparado, si la voz de María Azucena, animada por el entusiasmo, no exclamase a mi oído:

-Mira, mira ese mozo... Qué fuerzas! Él solo trae la red... Parece una estatua de museo. ¡Da gusto verle!

Me estremecí y sentí frío en el corazón. Evoqué mi propia imagen, lo que sería yo con la vestimenta y en la postura de aquel gañán. Mis brazos darían lástima; mis piernas se prestarían a una caricatura. Ni una pulgada acercaría la red a la margen el esfuerzo raquítico de mis pobres músculos de burgués.

¿Cómo no había notado antes esta inferioridad de mi cuerpo? ¡Valiente novio, que ni aun podría llevar acuestas a su novia por los senderos desde el río hasta el palacio! ¡Oh miseria, oh desesperación! ¡Cuánto me humillaba el Apolo campesino, que, tachonano de gotas de agua donde el sol encendía los colores del iris, sonriendo en su gallardía juvenil, tendiendo sus brazos dorados y robustos ofrecía a la mirada de María Azucena la encarnación de un ideal antiguo, la perfección física demostrada por la acción y la energía muscular!

Pálido y descompuesto, me llevé de allí a mi futura, y emboscándome con ella detrás de unos sauces, la apostrofé, profiriendo reconvenciones exaltadas, quejas brutales, ayes que me arrancaba el dolor... Roja de vergüenza, me miraba atónita, seria, apretando con las manos el pecho, a fin de contenerse... vi brillar en sus ojos la chispa de la dignidad mortalmente ofendida, y conocí que estaba perdido.

-No podemos casarnos -articuló María, por último, lentamente-. ¡Seríamos tan infelices!

Y, como el que se suicida, repetí en voz sorda:

-¡Seríamos tan infelices!

No hubo más explicación, María Azucena y yo no volvimos a cruzar palabra. ¿Para qué? En breves momentos, ella me había sondeado el alma…, y yo había conocido también la intensidad de mi mal incurable.

Cuando llamamos a ganar jornal a Juan, el de la tía Manuela, yo ni sabía de qué color tenía los ojos, pues sólo le había visto de lejos, los domingos, a la salida de misa. Al inspeccionar el trabajo de zanjeo que le confiamos, no tardé en observar que el jornalero arrastraba un poco la pierna derecha, y a la luz del sol, que abrillantaba el sudor en su atezado cutis de labriego, noté también una cicatriz que hendía la mejilla, y la caída habitual de la boina hacia aquel lado de la cabeza, que parecía más chico que el otro. Fijándome en esta particularidad, pronto descubrí que a Juan le faltaba la oreja casi entera: sólo quedaba un colgajo del lóbulo, bajo una ruda maraña de pelo.

Al hombre que se pasa todo el día hincando el azadón en el terruño, no hay cosa que le guste como eso de que le dirijan una pregunta. Es un socorrido pretexto para interrumpir la labor y descansar apoyándose en el mango de la herramienta. Es, además, una distracción. Juan me contestó solícito; sí, había estado en la guerra de Cuba la friolera de tres años... Y mientras encendía el cigarro, con la lentitud de movimientos característica del labrador, empezó a referir sobriamente sus campañas. Era preciso insistir para que entrase en detalles; no despuntaba por la elocuencia, y sus respuestas lacónicas no tenían animación ni colorido. Diríase que hablaba de aventuras y lances acaecidos a otros.

No obstante, tirando del hilo de los recuerdos, logré sacar la madeja de aquellos tres años terribles. El cuadro completo de la fatal guerra surgió iluminado por mi fantasía. En lugar de ver los arbustos cargados de fruta, las enredaderas cuajadas de flor, el perro tendido a mis pies, el celaje brumoso y, allá en el horizonte, el pedazo de mar detrás de la cortina de verdiazules pinares, yo veía pantanos y ciénagas, lodazales y charcos, en que acampaba una columna; los hombres tiritaban de fiebre palúdica, recibiendo en la mollera el calor de un cielo de plomo y de un sol que no velaba ninguna nube; y de entre la intrincada espesura, a corta distancia, salía un disparo, luego otro; un "número" caía, crispando los dedos sobre el pecho; pero la columna proseguía su marcha, dejando al muerto tendido sobre el sangriento lodo, con las vidriadas pupilas abiertas.

Después veía erguirse el fortín solitario en la inmensa llanura, aislado centinela, que sólo de Dios puede esperar socorro en caso de ataque; y entre el rumoroso silencio de la estrellada noche tropical, se me aparecía el fortín envuelto en llamas, sus defensores degollados allí mismo, a la claridad del incendio... Juan no sabía merced a qué milagro, cegado por la sangre fluyente del machetazo en la faz, había conseguido escapar vivo, emboscarse en la selva, caminar descalzo, hambriento, por espacio de cinco días y encontrar a la tropa que para salvar el fortín llegaba tarde...

Y cambiaba la decoración, y la escena pasaba en la costa; agazapados entre los escollos, protegidos por grupos de ceibas y manglares, Juan y sus compañeros hacían fuego sobre las lanchas del constelado banderín, que contestaban con dobles descargas acercándose a la orilla y atracando, a pesar de la fusilería, con la serenidad de la resolución. ¡Oh! Aquel enemigo nuevo, bien armado, bien equipado, sano, fuerte, no se volvía atrás ni se dispersaba como la traidora mambisería; pero tampoco pensaban retroceder los que rechazaban el desembarco; Juan no era capaz de decir las veces que había cargado y disparado su mauser; cierto que tampoco podía referir cuándo se le escapó de las manos, al sentir en la pierna derecha un golpe sordo y en la cabeza un desvanecimiento, del cual sólo le hizo volver el dolor atroz de la extracción y la cura... Mes y medio de hospital y una convalecencia que era como largo delirio de pesadilla... ¡Y gracias que no le amputaron!

-¿Y la oreja? -exclamé-. No me has dicho qué fue lo de la oreja. Otro machetazo como el de la cara, de fijo.

Juan enmudeció algún tiempo, como si reflexionase. El labrador gallego es cauto, y da tres vueltas a la lengua antes de soltar lo que por cualquier motivo juzga comprometido o peligroso. Al fin, calmoso, a medias palabras, se decidió a referir la historia de la oreja menos.

-No fue machetazo, no, señora... Fue... una de esas cosas que pasan en el mundo... ¡Porque nunca conocemos dónde la mala suerte nos aguarda! Verá... Ya sabe cómo después de "acabarse" la guerra y quedar los "anqués" dueños de todo aquello, embarcaron para España a la tropa. El barco venía que no se cabía en él, y los enfermos éramos tantos, que ni asistirnos podían. Yo venía entre los más malitos, como que me trasladaron del hospital para el buque. ¡Y agradecer que no tuvieron que tirarme al mar! Cincuenta y siete echaron en la travesía, pero yo quedé.

Al llegar al puerto iba dando "cuasimente" las boqueadas. Me sacaron en camilla y me avispé una miaja con el fresquito de la tierra. Al acordar, empece a pedir agua por amor de Dios. En esto dicen que se llegó a mí una mujer (yo no veía; ¡si estaba espichando!) con un jarro lleno. Me lo contaron después los que la vieron; venía corriendo y gritando: "Hijo, hijo mío, "pobriño"; aquí te traigo de beber... toma, toma... "Lo malo era que la autoridad no quería, vamos, que nos diesen nada, ni un "chisco" de agua, ni vino, ni caldo, ni leche; y había puesta fuerza, muchísima fuerza, "de arredor", para que no se acercasen las mujeres a nosotros. Aún no bien vieron a aquella, que se quería meter con el jarro entre los caballos y el "arremolino" de la gente..., escomenzaron a decir: "A ver si os calláis... A ver si no pedís nada, ¡recaramba!, que aquí ni hay orden ni uno se entiende."

Yo, ¡ya se ve!, no oí lo que mandaban, porque no daba cuenta de mí; estaba en los últimos... Seguí pidiendo agua, por caridad... Y la mujer aquella, y otras muchísimas que andaban por allí con socorros, en vez de largarse, se arrimaban más, y torna con darnos la bebida. Se armó un alboroto que metía miedo, y la Policía a sacudir sablazos de plano y luego de corte... Yo sentí como si me "rabuñasen" con un alfiler nada más. Luego, en el hospital, al volver en mi sentido, me ardía la cara, y me dijo asimismo el médico: "Muchacho, si no te "mancaron" en Cuba, ya te "mancaron" aquí... Te han llevado de un sablazo una oreja..."

Silencio. Se había consumido el cigarrillo, y Juan, escupiendo en las manos callosas y anchas, volvió a agarrar el azadón. En su cara impasible no se revelaba ni enojo ni pena. A mí sí que me temblaba algo la voz al preguntarle:

-¿Volverás a la guerra, Juan? Ahora dicen que vamos a tenerla con los ingleses...

-Ya somos viejos para comer el rancho -contestó, apaciblemente, sacudiendo una paletada de tierra-. Allí mi hermano, que es más mozo...